Edward Vischer

Briefe eines Deutschen aus Californien

Antigonos

Edward Vischer

Briefe eines Deutschen aus Californien

Unveränderter Nachdruck der Originalausgabe von 1873.

1. Auflage 2024 | ISBN: 978-3-38640-014-5

Antigonos Verlag ist ein Imprint der Outlook Verlagsgesellschaft mbH.

Verlag: Outlook Verlag GmbH, Zeilweg 44, 60439 Frankfurt, Deutschland info@outlook-verlag.de
Vertretungsberechtigt: E. Roepke, Zeilweg 44, 60439 Frankfurt, Deutschland
Druck: Libri Plureos GmbH, Friedensallee 273, 22763 Hamburg, Deutschland

Briefe

eines Deutschen aus Californien.

Aus damals nach der Heimath geschriebenen

— der —

California Chronik

als Beitrag übergebenen Briefen

— von —

Eduard Vischer.

San Francisco, Californien,
1873.

Vorwort.

Wenn Rückblicke auf längst veränderte Zustände überhaupt ein nicht nur soziales sondern zuweilen auch historisches Interesse erwecken können, so ist dies um so mehr der Fall bei einem Land, das innerhalb eines halben Jahrhunderts zum dritten Mal seine Angehörigkeit wechselt; das erst vor einem Jahrhundert durch Spanien auf dem Wege geistlicher Eroberung dem Urzustände entrissen, ja innerhalb eines Menschenalters erst, unter Mexico, als Indianerland, dem Gängelbande des Missionswesens entwachsen und zum Selbstbewußtsein erwacht, jetzt im mächtigen amerikanischen Staaten-Verein sowohl an Natur-Reichthum als an Unternehmungsgeist einen bevorzugten Rang einnimmt, und welches, das Stadium einer vielfach bezweifelten Selbsterhaltungsfähigkeit überspringend, nicht nur durch seinen Goldreichthum die Werthverhältnisse der ganzen Erdenrunde umgewandelt, sondern durch seinen Agriculturertrag und richtige Ausfuhrverhältnisse die Scheelsucht der neuen, und die Aufmerksamkeit der ganzen alten Welt auf sich gezogen hat. Und dies ist das Land, das wir bewohnen und das, dem Welthandel erschlossen, Hunderttausenden eine neue Zukunft zu bieten hat, Californien, das, wenngleich seit Jahrhunderten entdeckt, noch vor dreißig Jahren, der ganzen übrigen Welt mehr noch wie Japan und Siam, terra incognita geblieben; das sehen wir hier in anspruchlosen Briefen eines Deutschen nach der Heimat, sowohl in seiner Naturbeschaffenheit, als dem damaligen Leben und Treiben uns vorgeführt,—und zwar in der Periode seiner ersten Entwickelung, wo dem verschlossenen altspanischen Colonialsystem unter Mexico in Folge der Säkularisation der Missionen ein, wenn auch noch immer beschränktes, doch wenigstens vorurtheilsfreieres Reglement mit Bezug auf Grundeigenthumsrecht und Handelsbetrieb für Fremde folgte.

Betreffs der Zuverlässigkeit der darin enthaltenen Schilderungen (aus einer Periode, deren Vorhang nur Wenige unserer Mitlebenden überhaupt gelüftet; und der richtigen Auffassung der damals vorherrschenden Elemente, welche Vertrautheit mit der Landessprache und den derzeitigen Lebensverhältnissen vorausbedingt) glauben wir jeden Zweifel gehoben, wenn wir erwähnen, daß wir hier die lange verloren geglaubten und erst ganz kürzlich wieder aufgefundenen Originalbriefe des unter uns lebenden und wohlbekannten Verfassers der Mission-Memoiren Californiens vor uns haben, der damals im Interesse eines in Mexiko etablirten deutschen Handlungshauses Californien auf einer Inspektionsreise besuchte, und durch langjährige Beziehungen jenes Hauses mit allen hervorstehenden Persönlichkeiten des Landes in Berührung kam; und daß der erwähnte Verfasser, der mit großer Beharrlichkeit die Ansichten aller californischen Missionen gesammelt e en jetzt mit einer Reihe interessanter Illustrationen jener Periode zur Vervollständigung seiner verdienstvollen Privatversammlung beschäftigt ist.

Zur Erklärung der Entwickelungsperiode, in welche jene Handelsthätigkeit fiel, entnehmen wir der genannten Brochüre folgenden gewiß interessanten Ueberblick betreffs der Wirkungen des mexikanischen Colonialgesetzes und der Säkularisation der Missionen, welche letzteren natürlich ein Todesurtheil, dem allgemeinen Fortschritte des Landes unzweifelhaft eine neue Aera eröffnete.

„Durch die Säkularisation der Missionen wurden deren materielle Besitzthümer, die zahllosen Heerden von Hornvieh und anderen Thiergattungen, Pferden u. s. w., die, auf passende Landstriche vertheilt, über ganz Californien weideten, und in verschiedenen „Ranchos" durch Mayordomos, unter völliger Abhängigkeit von den Mönchen der betreffenden Missions-Niederlassungen verwaltet wurden, eingezogen und unter eine Colonial-Verwaltung gestellt. Unter dem Einfluß der politischen Umgestaltungen, mit Hintansetzung früherer Bedenklichkeiten wurde mancher glückbegünstigte Verwalter oder Handelsmann durch Kauf oder Gunst gesetzlicher Eigenthümer des Anwesens, dessen Hüter oder Bediensteter er vorher gewesen war. Die Aufhebung früherer Restriktionen erlaubte denn auch naturalisirten Fremden die Erwerbung von Liegenschaften und Begründung von Viehzüchtereien, wodurch das frühere Monopol der Mönche in Privathände überging. Doch während das Besitzrecht von Vieh-Ranchos nicht länger auf eingeborene

Californier beschränkt war, blieb die Handhabung derselben der spanischen oder californischen Bevölkerung vorbehalten, mit Beihülfe von Indianern als Arbeitskraft, in so weit, nach dem allgemeinen Aufbruch der Missions-Indianer nach ihren Stammrevieren, und ihrer Dezimirung durch Seuchen überhaupt noch indianische Viehhirten übrig geblieben waren. (Forbes) „Die Säkularisirung an und für sich war keine aggressive Maßregel — sie war eine von den spanischen Cortes in liberalem und progressivem Geiste beschlossene Anordnung zur Vertheilung der Missionsgüter unter die Indianer als rechtmäßige Eigenthümer, sobald deren Heranbildung solche der Emanzipation von priesterlicher Vormundschaft würdig machten: es war die Willkür der Anwendung, welche in Californien eine Ungerechtigkeit nach zwei Seiten hin veranlaßte. Die Missionen verloren ihre weltlichen Güter angeblich zu Gunsten des Indianers; der Indianer war nicht mehr vorhanden, um sein Erbe zu empfangen; aber es fehlte nicht an einer dritten Partei im Lande, vollkommen bereit, um ohne Gewissensbisse den vom Baume abgefallenen überreifen Apfel in ihrem Schooße aufzufangen.

„Hand in Hand mit dieser Verordnung der spanischen Cortes ging die „Colonisation", das Gesetz zur Vertheilung der Staatsdomäne und Aufmunterung der Ansiedlung, Uebergang der öffentlichen Ländereien in Privatbesitz, wodurch nicht nur Eingeborene sondern auch Fremde allmälig besitzfähig —das Monopol des Handels und Verkehrs den Missionen entrissen —und die Ausfuhr von Talg und Häuten dem fremden Handel zugängig wurde.

In Folge dieser Zugeständnisse ward die californische Küste bald von ameri-

kanischen, meist Boston angehörigen
Schiffen besucht. — und wo früher nur
periodisch mit langen Unterbrechungen
die spanische Flagge gesehen wurde,
überstieg 1835—40 die Durchschnitts=
zahl der hier handelnden Fahrzeuge
unter amerikanischer, englischer, peru=
anischer und mexikanischer Flagge be=
reits zwanzig.

Als erfreulichen Beweis des schon
damals, vor über vierzig Jahren her=
vortretenden deutschen Unternehmungs=
geistes, um der Geschäftsvortheile dieses
entfernten Landes theilhaftig zu werden,
entnehmen wir dem vorerwähnten Werke
folgende Characterbilder von hier an
der Küste wohlbekannten Landsleuten,
deren mehrfaches Verdienst und Ge=
schäftstüchtigkeit von Seiten der hier
ansässigen oder verkehrenden Amerika=
ner und sonstigen Fremden sowie der
Eingeborenen vielfach Anerkennung ge=
funden hat.

Herr Heinrich E. Virmond, Rhein=
länder von Geburt, ein kenntnißreicher
und gebildeter Mann, in europäischer
Politik sowohl als Sprachen wohlbe=
wandert und nebenbei Virtuose in der
Musik, war ein Kaufmann von großem
Unternehmungsgeist und unermüdlicher
Beharrlichkeit, in Acapulco etablirt
und in großen Contractgeschäften mit
der mexikanischen Regierung begriffen,
die in späteren Jahren seine fortwäh=
rende Anwesenheit in der Hauptstadt
Mexico beanspruchten, wo er in eine
der altspanischen Familien hineinheira=
thete. Seine Schiffe, die Mary Est=
her unter amerikanischer, Catalina, Le=
onor, und Clarita unter der mexikani=
schen Flagge, in Fahrten zwischen
Chile und Peru, der mexikanischen Küste
und Californien beschäftigt, waren Pa=
cketboote für Beförderung von Gouver=
nements = Passagieren, Truppen und
Vorräthen; auf welchen denn auch
mehrere der Gouverneurs mit Gefolge,

mexikanische Franziskanermönche und
fast alle Beamten reisten, die über
Acapulco nach oder von ihren hiesigen
Anstellungen gingen. Da seine Nie=
derlassung in letzterem Platze (dem
Hafen der Gallionen von Manila), und
der sogenannten Halbwegsstation all'
dieses Verkehrs, jederzeit wo ich nicht
im Auslande auf Reisen war, unter
meiner Obhut gestanden, war ich denn
seit 1830 mit californischen Angelegen=
heiten vertraut. Herr Virmond, schon
vordem er Californien betrat, ein viel=
gereister Mann, vollführte persönlich die
vielen Land= und Seereisen, die mit
seinen Geschäftsplänen von Chile bis
nach den russischen Besitzungen an der
Nordwestküste hinauf zusammenhingen;
und für einen Mann von kolossaler
Gestalt und entsprechendem Gewicht
vollbrachte er wunderbare Touren.
Seine Schiffe besuchten in seinem
Dienste alle Häfen des Stillen Mee=
res,—und ein Relais kräftiger Maul=
thiere ausgesucht für einen so schweren
Dienst, trugen ihn über die holperige
alte asiatische Handelsstraße von Aca=
pulco nach Mexico, wo jeder Dorfbe=
wohner zu bestimmten Jahreszeiten
nach dem californischen Riesen und sei=
nem Gefolge auf der Ausschau war, in
sicherer Erwartung, das Fell eines Po=
larbären, ein Paar riesige Antler oder
auch wohl lebendige Elenn= oder Renn=
thiere und ähnliche Seltenheiten aus
fernen Regionen zu beschauen, die er,
von der Nordwestküste kommend, als
Geschenk für irgend einen hohen Wür=
denträger in der Hauptstadt mit sich zu
führen pflegte. Er kannte persönlich
nicht nur jeden Gouverneur oder Mili=
tair=Commandanten, sondern auch jeden
Mönch in Californien und wahrschein=
lich all deren Vorgesetzte im Collegium
von San Fernando in Mexico. Im
Nationalpalast kannte er sicherlich Je=
dermann, vom Präsidenten bis zum

Thürsteher herab, und versäumte keinen Tag und keine Gelegenheit zur Repräsentation seiner vielfachen Geschäfts-Interessen. Doch trotz all' seiner Kenntniß des mexikanischen Charakters, seiner Sagazität und Ausdauer blieb es ihm unmöglich, sich aus dem Triebsand von Gouvernements Contracten und ihren Verwickelungen zu befreien; und nach jahrelangen, fruchtlosen Versuchen, um zu befriedigender Abmachung zu gelangen, überraschte ihn der Tod inmitten seiner undankbaren Anstrengungen. Friede seiner Asche! —

Sein Faktotum in Californien, der Nestor der Supercargos an der Küste, der biedere Don Fernando Deppe, darf nicht vergessen werden: ein anderer Deutscher, preußischer Exmilitair (und großer Botaniker), der, wenngleich Sonderling in seinem Wesen und praktischer Philosoph, als humoristischer Knasterbart der Liebling der altspanischen Mönche wurde, dann auch seiner Rechtschaffenheit und Gutherzigkeit wegen bei allen Californiern wohlbeliebt; — noch sein späterer Nachfolger Don Eulogio de Celis, ein Spanier, der jedem Eingeborenen gleich gut bekannt war durch seine unbändige Willenskraft, und die unwiderstehliche Drolligkeit (das andalusische Salz), womit er stets seinen Zweck zu erreichen sicher war. Deppe kehrte nach Deutschland zurück zu seinem Lieblingsfach, der Blumenzucht, als Verwalter der königlichen Gärten in Potsdam bei Berlin; Celis verheirathete sich mit einer Tochter der Familie Arguello; und als nachheriger Halb-Eigner des fürstlichen San Fernando Grants machte er Los Angeles zu seiner Heimat. Zuletzt aber kehrte er nach Spanien zurück, wo er vor einiger Zeit starb. Drei seiner Söhne, in Europa erzogen, leben zur Zeit in Californien.

In Verbindung mit derselben Handelsfirma als Herrn Virmond's Associé, kam Friedrich G. Becher ein anderer Deutscher, nach Californien. Wenngleich sein Aufenthalt (kurz nach Deppe's Abreise nach Europa) sich kaum über ein Jahr ausdehnte, so waren seine vielseitige Begabtheit und seine ausgezeichneten Manieren, verbunden mit der Ueberlegenheit seines Geistes, genügend, ihm sowohl im Verkehr mit den Regierungsbeamten als mit den Würdenträgern der Provinz und den achtungswertheren Fremden eine bevorzugte Stelle zu geben. (Sein Einfluß, vielfach bemerkbar, war denn auch bei Gelegenheit der unceremoniellen Zurücksendung des unleidlich gewordenen Gouverneurs Chico nach seiner bekannten Regierung von hundert Tagen und den daraus erwachsenen Wirren unverkennbar.) Vielbeliebt bei den ersten Familien des Landes, war Becher, obgleich Protestant von Religion, ein stets willkommener Gast der spanischen Mönche, denen er mit salbungsreicher Weihe gar manche schnurrige Anekdote zu erzählen wußte, und ungemein populär bei den Eingeborenen, besonders den Landbewohnern. Intimität mit Sprache und Sitten, Meisterschaft im Reiten (von Buenos Ayres her, wo er seine Jugendzeit verbrachte) und der Witz seiner stets wohl angebrachten Scherze war ganz dazu geeignet, ihre einfältigen Herzen zu gewinnen. Leicht von Körperbau und von anscheinend zarter Constitution setzte er sie durch seine barbarischen Ritte und seine Ausdauer unter Strapazen in Erstaunen, namentlich aber durch die Leichtigkeit der Handhabung von selbst unbändigen Pferden, die er, einmal im Sattel, mit Eins sich unterworfen zu haben schien. Stets höflich und würdevoll war er nichtsdestoweniger großer Liebhaber von „praktischen Scherzen", so lange solche an Anderen ohne sein Zuthun verübt werden konnten. Er spielte nach Gefallen mit der Aufsässigkeit niederer Naturen, und war den Kniffen des schlauesten Intriguanten völlig gewachsen. Einfach im Wesen, aber stets elegant in seiner Erscheinung und von sehr vornehmen Manieren spottete er der Aufgeblasenheit bureaukratischer Pedanterie oder militairischer Arroganz und wußte sich, spielend gleichsam, zum Meister der Situation zu machen.

Bald nach Becher's Rückkehr nach Mexico erreichte die bisherige Partnership durch Ablauf des Termins ihr Ende.

In Mazatlan hat er später, an der Spitze eines bedeutenden Hauses eine sehr hervorragende, dem Handelsinteresse im Allgemeinen und vielen Einzelnen nützliche, ihm selbst aber, trotz allen Einflusses, nachtheilige Rolle gespielt. Er wurde zum Urheber verzweigter geschäftlicher Combinationen, und seine Ansicht gab in den meisten Fällen den Ausschlag. Durch seine Unterstützung wurde manch schwachem Anfänger in der Welt geholfen, und hin und wieder ein schwankender Concern vom Ruin gerettet. Sein Privatcomptoir diente zum Conclave wichtiger Verhandlungen der Spitzen der Militair- und Civilverwaltung, und es gab kaum eine Verordnung, die nicht jenem Sanktum entsprungen war. Sein Einfluß galt dem allgemeinen Besten, dem Gemeinwohl des Handels-Consortiums; nur selten benutzte er solchen für Privatzwecke—nie zu Verfolgungen oder Anfeindungen. Edel von Natur war Ehrgeiz und Liebe zur Macht die Klippe, an der sein Gedeihen scheiterte; seine Großmuth artete in Ungerechtigkeit gegen sich selbst aus. Ueberanstrengung durch die Vielseitigkeit seiner Zwecke untergrub seine Ge-

sundheit. Becher's frühzeitiger Tod (im Alter von 37 !) ward als öffentliche Calamität betrachtet; bei seiner Beerdigung—einem Staats- und Ehren-Leichenbegängnisse — folgte ganz Mazatlan zum Grabe."

Noch sei der Umstände Erwähnung gethan, unter denen des Verfassers Reise nach Californien zur Ausführung kam.

Der Schooner Californien stand, als Eigenthum des gleichnamigen Territoriums, unter militärischer Botmäßigkeit und war, auf höheren Befehl von Mexico, beordert, sowohl in San Blas als Mazatlan anzulaufen, um daselbst bei den betreffenden Militair-Commanbanten Meldung zu machen. Im ersteren Hafen vor Anker liegend, wäre der Schooner beinahe untergegangen, indem ein Gewittersturm mit solcher Heftigkeit hereinbrach, daß es nur mit genauer Noth gelang, mit Fahrenlassen von Anker und Ketten das Weite zu gewinnen. In Mazatlan, wo von der durch die Blattern aufgeriebenen Mannschaft nur zwei Matrosen dienstfähig geblieben, mußte neue Besatzung von der Hefe der am Lande befindlichen Deserteure aller Floggen rekrutirt werden — ferner sah sich der Capitain zu seinem Schrecken zur Uebernahme eines nachgebliebenen Truppenrestes für Gouverneur Micheltorena commandirt, die aus dem Gefängniß noch in Ketten nach dem Strande abgeliefert, nach Abnahme der Handschellen als Soldaten der mexikanischen Republik der neuen Kolonie zur Vertheidigung dienen sollten. Das für Californien als General Micheltorenas Militairmacht bestimmte Corps war mit nur geringer Beigabe von Soldaten der Linie aus zusammengetriebenem Gesindel gebildet, ja die Gefängnisse von Jalisco, Chapala und anderen Straforten mußten das Hauptmaterial liefern —

Ursache genug, um den Handelsstand von Mazatlan aus Selbsterhaltungs gründen zu einer Petition an den commandirenden Chef General Duque zu veranlassen, diese Bande bis zur Ankunft der Transporte außerhalb der Stadt auf einer der Hafen = Inseln gleichsam in Quarantaine zu halten. Kaum dort angelangt, um vom Hafen aus allwöchentlich verproviantirt zu werden, benutzte solche die ihr für Zeltbehausung überlassenen Segel und Raaen, um auf eiligst zusammengefügten Flößen einen Befreiungsversuch zu machen, der zwar vereitelt wurde, dem aber nahezu die Mehrzahl der Unternehmer zum Opfer gefallen wäre, die bereits in Strömungen verschlagen, durch die ausgesandten Böte wieder aufgefischt und zurückgeliefert wurden. Nach endlich vollzogener Einschiffung des Hauptbestandes waren noch etwa 30 bis 40 der Widerspenstigsten in den Höhlen und Schluchten versteckt zurückgeblieben, welche alsbald im Stadtgefängniß in Sicherheit gebracht, die nunmehr dem Schooner California zugedachte Quota bildeten. Groß war des biedern Capt. John B. R. Cooper's Bestürzung, eine solche Reisegesellschaft der ohnehin so zweifelhaften Mannschaft beigesellt zu sehen — aber alles Protestiren war vergebens, und nachdem, mehr pro forma, auf Requisition ein unerheblicher Beitrag zur Proviantirung geliefert worden, wurde die saubere Sippschaft auf obenerwähnte Weise kettenklirrend nach dem Hafen abmarschirt und an Bord des Schooners gebracht.

Nur auf dringende Vorstellungen erreichte Capt. Cooper vom Militair-Commandanten die Beigabe eines Offiziers zur Herstellung eines Scheines militairischer Autorität; es war ein vom Fieber aufgezehrter lebender Schatten, der bleich und mit dem Tod im Herzen für diesen Dienst beordert wurde, und in Begleitung einer verkümmerten Frau und heulender Kinder im letzten Hafenboote, in Gesellschaft des Verfassers, das bereits auf = und abkreuzende Fahrzeug erreichte.

„Der Anblick bei unserer Ankunft an Bord" (sagt letzterer in einem an einen Freund gerichteten Briefe (seiner Familie aus Schonung verschwiegen) „der das Verdeck füllenden braunen zersetzten Gesellen, worunter (nebst hier und da einem armen Teufel, der vielleicht ganz schuldunbewußt die Rache eines listigen Feindes abzubüßen hatte) Galgenvögel schlimmster Art, und nicht weniger als neun Verbrecher, die zum Tode verurtheilt, aber begnadigt, dieser Transportation ihre respektive Befreiung aus Kerkermauern zu verdanken hatten, war so abschreckend und unheilverkündend, daß ich ohne mein gegebenes Wort gerne umgekehrt wäre."

Das Fährliche lag nicht in der bloßen Anwesenheit solcher Elemente im beschränkten Raume eines kaum 80 Tonnen überschreitenden Fahrzeuges, sondern in der ihnen durch ihre Ueberzahl gebotenen Versuchung zu Aufstand und Meuterei, da keiner der so leichten Kaufs Begnadigten an einfachen Uebergang zum Soldatendienste der Colonie glauben konnte, sondern Alle die Einschiffung nur als Mittel betrachteten, sie ihre Strafzeit in der Verbannung unter weit härteren Fesseln ausdienen zu machen, weshalb der Gedanke eines Ueberfalles im Einverständniß mit der meist aus spanischen Creolen und Irländern bestehenden Mannschaft, um alsbald den Schooner an die Küste von Nieder-Californien zu rennen und ihre Freiheit zu erlangen, in Aller Herzen obenauf war; und da dieser Plan nur mit Ueberrumpelung des Capitains, Steuermanns und der Passagiere auszuführen war, die unter der Mannschaft nur auf Koch, Steward und die überlebenden Sandwichs-Insulaner rechnen konnten, so war leicht abzusehen, was auf dem Spiele stand.

In der ersten Woche unserer Fahrt, wo Kap St. Lucas den erwünschtesten Anlaufpunkt geboten hätte, war die unter ihnen fast allgemeine Seekrankheit ihrem Handeln entgegen und völlig entmuthigt waren sie froh, im Raum unter Segeln vergraben und herumkauernd, ihr Elend zu verbergen. Den Climax der Gefahr bildete etwa 14 Tage später das Ableben des siechen, von der Seekrankheit völlig aufgeriebenen Offiziers, der ungeachtet seiner Hülflosigkeit eine Art Subordinationsrespekt genoß. Sein Leichenbegängniß auf hoher See gab allen „Soldaten" ein Recht, gleichzeitig auf Verdeck zu erscheinen, um ihrem Hauptmann die letzte Ehre zu erweisen, und im Besitz der im Zwischenraum zwischen Cajüte und Raum aufgestellten Musketen, hätten sie solche sich zu verschaffen erlangt, wäre die Ausführung ihres Vorhabens ein Leichtes gewesen. Doch durch zeitige Anzeige gewarnt, hatten wir uns der Schießgewehre versichert, und bei Versenkung der Leiche kam schlechtes Wetter, das ihr Heraufkommen auf Deck verhinderte, uns abermals zu Hülfe.

Ein darauf folgender dreitägiger Sturm, der unserem weit in See hinausverschlagenen Fahrzeug Gelegenheit bot, den Cours zu verändern und landwärts zu steuern, erwies sich als unser mächtigster Alliirter. Gleich in der ersten Nacht brach bei noch offen gebliebenen Lucken eine massenhafte Woge über das Verdeck, auf die im Raum gestauten leeren Fässer wohl mehrere Tonnengewicht Seewasser mit solch' dröhnendem Lärm entladend, daß die im Raum befindlichen armen Sünder an den letzten Tag glaubend, das Mise-

re e des Santo Dios anstimmten. Der Schrecken machte allen weiteren Meutereigedanken ein Ende, und fromm wie Kinder dem Himmel für ihre Erhaltung dankend, schaarten sich, als der Sturm vorüber, Alle auf dem Verdecke, um dem ersten Anblick der californischen Küste—auf der Höhe von Monterey—, ein tiefgefühltes Frohlocken entgegenzujauchzen.

Als wir, nach 38tägiger Fahrt, bereits fast sämmtlichen Mundvorrathes entblößt, Monterey glücklich erreichten, fiel denn auch uns ein schwerer Stein vom Herzen. Die guten Leute in Monterey aber, vor ihren Häusern stehend, als unsere mehr zuchthausmäßig als militairisch aussehende Truppe nach der Gouvernementskaserne defilirte, schlugen ob des neuen Zuwachses solcher Vaterlandsvertheidiger die Hände über den Köpfen zusammen, doch mit dem erbaulichen Troste, daß die Verlegung von General Micheltorena's Hauptquartier nach dem Süden sie baldmöglichst von ihren ungebetenen Gästen befreien werde.

Es war ja nicht das erste Mal, daß Californien vom Mutterlande mit ähnlichem Material bedacht worden, und es kann nicht geläugnet werden, daß viele der Verbannten, unter der Gunst der neuen Heimat dem Elend der alten entrissen, zu brauchbaren Mitgliedern des Gemeinwesens umgeschaffen wurden. Der meist gewerbekundige Mexikaner der niedrigen Klassen braucht nur die Gelegenheit, um, den Versuchungen des Geburtsortes entzogen, durch Arbeit auf grünen Zweig zu kommen. Das in den wirklichen Strafcolonien anderer Länder bereits mehrfach gelöste Problem der Besserung kann unter den so viel günstigeren Bedingungen Californiens nicht umhin, die Haltbarkeit des Prinzips zu bestätigen.

Briefe eines Deutschen aus Californien.

1842.

1.

Californien stachelt schon durch seine
Abgelegenheit die Neugier. Mit Freuden nahm ich daher Hrn Virmond's
Vorschlag an, den Spätherbst zu einer
Inspectionsreise seines Californischen
Geschäfts zu benutzen, dessen weite
Entfernung und verhältnißmäßig ab-
geschiedene Lage die Verbindung und
Mittheilungen auf schriftlichem Wege
in den letzten Jahren sehr erschwert
hatte. Meine Abreise von Acapulco
war schon auf Ende Mai festgesetzt;
aber der Schooner California, der in
zwischen eine Reise nach den Sandwichsinseln gemacht hatte, blieb uner-
wartet lange aus, und schon war ich
Anfangs Juli's entschlossen, in einem
anderen Fahrzeuge nach Guaymas im
Golfe von Californien zu gehen, mich
von da nach der gegenüberliegenden
Küste von Nieder-Californien überset-
zen zu lassen, und meine Reise durch
jene fast unbewohnten Gegenden zu Land
auszuführen, wobei ich denn freilich
alles nicht unumgänglich nothwendige
Gepäck hätte zurücklassen müssen. Da
wurde ein eben angekommenes Schiff
signalisirt, und zwar zu meiner größten Freude die längst erwartete California.

Der Abschied von Acapulco wurde
mir schwerer als ich mir selbst gedacht;
ja ich will offen gestehen, daß eine im-
merhin unmännliche Thräne mein Auge
feuchtete als ich von einem Dutzend mich
begleitender Freunde Abschied nahm,
und ein frisch wehender Wind mich dem
entzückenden Rundgemälde der Bay,
ihren Felsengruppen und Palmenwäl-
dern und der Ortschaft im Hinter-
grunde mit jedem Augenblick weiter
entführte Zwar hatte mir mein Aufenthalt in Acapulco manche Entbeh-
rung aufgenöthigt, manche trübe
Stunde bereitet, die geselligen Verhält-
nisse dieser kleinen Hafenstadt stimmten
im Allgemeinen wenig zu den imposan-
ten Naturschönheiten der Umgegend,
und doch hatte ich den Ort liebgewon-
nen, besonders seitdem ich zu öfterer
Abwesenheit genöthigt war, und Acapulco mehr als Gast besuchte, dem man
mit den unzweideutigsten Beweisen von
Zuneigung und Achtung entgegenkam.
Es war mir in der That eigen ums
Herz, als beim Heraussegeln aus dem
Hafen mir die Glocke der Capelle von
S. Jose ihre Scheidegrüße nachrief.

Es ist dies ein in Acapulco bestehender rührender Gebrauch, wodurch befreundete Privatpersonen in dem Augenblick, wo das Schiff den Ankerplatz verläßt, dem scheidenden Freunde gleichsam ein letztes Zeichen ihrer Zuneigung und Achtung zu Theil werden lassen.

Der Capitän des Schiffes, John B. R. Cooper, ein von mir seit Jahren gekannter und geschätzter alter und wackerer Amerikaner, schien seinerseits nicht minder erfreut, mich als Mitreisenden an Bord zu haben. Um die Annehmlichkeit der Fahrt zu erhöhen, hatte sich ein wissenschaftlicher Reisender, Dr. Sandels Edhelyertha, ein Finnländer von Geburt, und ungemein gebildeter und gediegener Mann, der in unserem Hause abgestiegen war, und ebenfalls Californien zu sehen wünschte, unserer Gesellschaft angeschlossen. Mit Ausnahme des Steuermanns (eines jungen Irländers von guter Familie) und des Kochs und Stewards, beide amerikanische Schwarze, bestand die übrige Mannschaft aus lauter Südsee-Insulanern, deren brüderliches Verhalten zu einander ich schon früher bei Gelegenheit einer Reise nach Callao beobachtet und bewundert hatte. Diese Kanakas haben sich den an der Küste von Californien in Verkehr befindlichen Schiffen fast unentbehrlich gemacht, und wenn schon zu Besorgung der wirklich technischen Schiffsarbeiten und Instandhaltung von Masten und Tauwerk gewöhnlich europäische Matrosen nothwendig sind, so zeigen sich unter deren Leitung die Kanakas als sehr nützliche Gehülfen in jeder Arbeit, sowohl beim activen Manövriren des Schiffes als zum Einnehmen und Beisetzen der Segel, oder wo es irgend eine gefährliche Arbeit in den Masten und auf den Rahen gilt. In gemäßigten Zonen, die dem Klima ihrer Inseln entsprechen, sind sie den europäischen und amerika-

nischen Matrosen völlig gleichzustellen; ihre Hauptthätigkeit aber, worin sie im Vergleich zu allen den Vorzug unbedingt verdienen, ist der beschwerliche Dienst der Boote, das gleichmäßig ausdauernde unverdrossene Rudern, und ihre große Geschicklichkeit im Landen, indem sie ihre Schaluppe sicher und unversehrt durch Brandungen bringen, die kein Europäer zu passiren wagen würde. Gar viele Capitäne, welche Neulinge an diesen Küsten waren, haben der Entschlossenheit dieser braven Insulaner, ihrer bewunderungswürdigen Fertigkeit im Schwimmen, ihrer Vertrautheit mit den brechenden Wogen längs des Strandes, ihre Rettung zu verdanken gehabt! So viel hinsichtlich der praktischen Verdienste dieser anspruchslosen, sehr lenksamen und geschmeidigen Menschen, welche jedoch mit Güte und Freundlichkeit behandelt sein wollen, während ein rauhes Wort, eine Mißhandlung ihren Eifer und Frohsinn für immer bricht. Ihr Zusammenleben an Bord oder auf dem Lande liefert ein wahres Musterbild brüderlicher Eintracht, und einer gegenseitigen Zuneigung, wie ich sie selten unter den südamerikanischen Kreolen und nie unter Europäern oder Nordamerikanern angetroffen habe. Denn diese sind gewohnt, an alles den Maßstab der Berechnung zu legen, wiewohl im allgemeinen der Stand des Matrosen, was die Uneigennützigkeit ihrer Gesinnungen und Handlungen betrifft, vor anderen Ständen eine rühmliche Ausnahme macht. Ein Kanak verschifft sich selten allein, sie gehen meist zu dreien oder vieren, die, sobald ihre Zeit herum ist, gemeinschaftlich eine andere Bestimmung suchen, oder auch gemeinschaftlich eine Art Wirthschaft am Lande führen, um die Frucht ihrer Arbeit unter sich zu vertheilen. Was einer hat, das besitzen alle; der Schluck Wasser ober Branntwein, das Stück Brod ist Gemeingut, die Cigarre oder Pfeife geht aus einem Munde in den andern, so lange nur einer von ihnen mit Tabak versehen ist; zur See bei rauhem Wetter geht ein und dasselbe Wamms von einer Wache zur andern, und ein Gleiches geschieht mit ihren besten Kleidern, wenn sie Freiheit erlangen an's Land zu gehen. Gutmüthigkeit, Willigkeit und Gelehrigkeit sind hervorstechende Züge im Charakter der Sandwichsinsulaner. Die meisten, die ihre Inseln verlassen, lernen englisch oder spanisch sprechen, und es kann nichts Drolligeres geben, als die Art ihrer Aussprache, und den Ausdruck ihrer Miene; unter sich sprechen sie fortwährend ihre Sprache, und sind fünf oder sechs beisammen und bei guter Laune, so erfüllen sie die Luft mit ihrem Gelärm und Geschwätz—ihre Sprache ist dabei sehr melodisch, und das Vorherrschen der Vocale giebt ihr einen ganz eigenen Wohlklang. Sechs dieser Insulaner, vier von den Sandwichs-Inseln, einer von Tahiti und ein anderer von New-Seeland, im ganzen Gesicht tätowirt, bildeten die Mannschaft des Schooners bei der Ankunft in Acapulco — le der brachen durch einen Zufall die Blattern, welche, obgleich gelinde, seit einiger Zeit in der Umgegend von Acapulco herrschten, an Bord aus, und diese Krankheit, welche einen derselben hinraffte, theilte sich auch sehr schnell den übrigen mit. Die Kranken blieben bei Mazatlan unter ärztlicher Vorsorge am Land, und da an ihre Stelle Matrosen anderer Nationen traten, so war die Uebereinstimmung unter der Mannschaft aufgehoben oder wenigstens gestört; mir aber ging die Gelegenheit, diese guten Insulaner in ihrem Zusammenleben zu beobachten, seitdem leider verloren.

Mazatlan hat, seitdem ich es nicht mehr gesehen, bedeutend an Ausdehnung, Ansehen und Wichtigkeit gewonnen; allenthalben zeigt sich das Gepräge des Wohlstandes, und unter dem Einfluß des freundlichen Empfangs, den ich von Seiten all meiner Landsleute fand, bedauerte ich mich auf einen nur kurzen Aufenthalt beschränkt zu sehen.

Am 27 September. Ein dreitägiger ziemlich heftiger Sturm aus Nord-Nordwest der auf die verlängerte Windstille folgte, hat uns etwas aus unserer Richtung verschlagen, wiewohl er uns dem Lande näher brachte. Der heutige Morgen lohnt uns für den ausgestandenen Schreck mit dem ersten Anblick der Californischen Küste. Und wie angenehm überraschend ist der erste Anblick eines uns bis dahin unbekannten Landes, dem wir wochenlang entgegensteuerten, von dem wir seit Jahren reden gehört, und uns folglich, richtig oder unrichtig, einen Begriff gebildet haben! Und diesmal finde ich mich angenehm enttäuscht, denn anstatt einer niedrigen flachen Küste mit kahlen Bergreihen im Hintergrund, wie ich mir den allgemeinen Charakter dieses Landes ausgemalt hatte, tritt uns hier (zwischen Santa Barbara und Monterey) eine kühne Bergwand, dicht an die See ragend, mit stattlichen Föhren bedeckt, entgegen, ein Anblick der mich um so heiterer und traulicher stimmte, da das stattliche Gehölze auf den Höhen mich daran erinnerte daß ich mich, obgleich ein paar Tausend Meilen entfernt, mit meiner Heimath in beinahe entsprechenden Breitengraden, wenigstens in südeuropäischer Breite befinde. Daß ich in eine andere Zone übegetreten, davon hatte mir freilich das ziemlich rauhe Wetter der letzten Tage bereits ein Vorzeichen gegeben.

Am 30 September. Nach dreitägigem Kreuzen längs der Küste hat unser Schooner das Ziel seiner

Reise erreicht; der Anker ist gefallen, und die Ortschaft Monterey mit ihren freundlichen Wohnungen, von einer dreifachen mit Tannen besetzten Bergreihe umgeben, liegt vor unsern Blicken. Wie heimisch winken mir die mit Diehlen bekleideten, nieblich gebauten Häuser, und die von dem Gieb l der Schindeldächer rauchenden Kamine; wie weidet sich mein Auge an dem Amphitheater von grünen Höhen, an der weiten Bucht mit ihrem schneeweißen Strande und den hier und da zerstreuten Baumgruppen! Was Gewohnheit auch immer bewirken mag, wir Menschen gehören dem festen Lande an, und frohlockend schlägt die Brust der Mutter Erde entgegen.

Das Boot des Zollhauses legt sich so eben an die Seite des Schiffes, bekannte Stimmen begrüßen mich, gewiß eine angenehme Ueberraschung in einem für mich so fremden Lande. Meine Nachfragen und Erkundigungen finden willige Beantwortung. Eines unserer Schiffe ist, wie ich höre, auf der Fahrt nach dem Süden begriffen. und wahrscheinlich bereits in San Diego angelangt; das andere liegt im nördlichsten Theile der Küste, im Hafen von San-Francisco vor Anker, um von dort aus gleichfalls nach San Diego zu segeln. Mein Entschluß ist gefaßt! Eine Landreise von drei Tagen bringt mich nach San Francisco, von wo aus ich alsdann südlich die Küste entlang zu segeln, und später von San Diego aus in dem zuerst von der Küste abgehenden Fahrzeug meine Rückkehr anzutreten gedenke.

—

II

Monterey, Ende Oct. 1842.
Von meinem Ausflug nach dem Norden hätte ich euch gar viel und weit mehr zu erzählen, als was in den beschränkten Gränzen eines Briefes Raum finden kann. In Monterey bei meiner Landung freundlich empfangen, und alsobald mit allem Erforderlichen versehen, nahm ich Pferde und Führer, und ein rascher Ritt im californischen Styl, mit frei vorauslaufenden Handpferden zum Wechseln, brachte mich über eine fruchtbare, theils offene, theils mit schönen Walbungen besetzte, kaum von Hügelgrund unterbrochene wohl aber zwischen zwei entfernten Bergreihen laufende Ebene, am dritten Tag an den Rand der Bay von San Francisco — einer der großartigsten der ganzen Welt, welche vermittelst ihrer Nebenbuchten und weitauslaufenden Verzweigungen von Flüssen und Canälen eine unabsehbare Masse Land s durchschneidet, und somit Wasserverbindung nach fernen Punkten des Inlandes gestattet. Dort im Hafen von Yerba Buena, wo sich eine Ortschaft von einem Duzend Häuser gebildet hat, fand ich unsere Clarita vor Anker, deren Capitän (ein mehrmals gegen euch erwähnter wackerer Stralsunder Carl C. Wolter) höchlich uberrascht durch meinen Besuch, mich mit offenen Armen empfing; und da das Schiff noch auf einige Ladung zu warten und Holz und Wasser auf der gegenüber liegenden Seite der Bay zu füllen hatte, so gab mir die Zwischenzeit von acht bis zehn Tagen Gelegenheit mich etwas in diesem Theil des Landes umzusehen.

Das ein paar Tage nach meiner Ankunft fallende Kirchenfest in der nahe gelegenen Mission van Francisco de Asis, (Dolores) wo Hochmesse, Stiergefechte, Feuerwerke und zum Ende dann auch Musik und Tanz die Familien der längs dem Rande der Bay lebenden Gutsbesitzer versammelt hatten, bildete meine Abschiedserinnerung an Yerba Buena; am 10. October lichteten wir Anker, um auf der andern Seite der Bay nach dem Hafen oder

Ankerplatz von Saucelito zu gelangen, und von dort aus unternahm ich einen Ausflug nach Sonoma, der mexikanischen Gränzniederlassung im Norden. von San Francisco etwa 20 Leguas entfernt, und in einer der weitlauslaufenden Nebenbuchten ganz in der Nähe der kürzlich wieder aufgegebenen russischen Niederlassung, mithin fast schon inmitten der unstäten nomadenartigen Stämme wilder Indianer gelegen.

Meine Reise dahin machte ich, die leichtere Communication benützend, zu Wasser, und bestieg eine amerikanische Goelette, deren Capitän und Mannschaft jahrelang als Jäger in den Wildnissen der steinigen Berge im hohen Norden, der Büchse ihren Unterhalt verdankend, gelebt hatten. Sie waren in der Absicht gekommen ihr im Fluß Columbia gebautes Fahrzeug hier gegen Hornvieh zu vertauschen, das sie über Land nach ihrer neuen, mitten unter feindseligen Indianerstämmen gelegenen Niederlassung treiben wollten. Auf dieser Reise hörte ich aus dem Munde dieser Adoptivsöhne der Wildniß tausend Anekdoten, die sämmtlich das Gepräge der Abhärtung unter gefährlichen Abenteuern trugen. Der Hauptnimrod aber war ein Schweizer aus Basel, ein Mann von riesenhafter Gestalt der, früher einem französischen Regiment angehörig, und nachher als Auswanderer nach Amerika gekommen sich den Jägern der Westprovinzen angeschlossen hatte. Dieser Schütz der nie sein Ziel verfehlte, war mit Wunden narben bedeckt, welche er hauptsächlich im Kampf mit wilden Bären empfangen hatte. Der Capitän, ein Amerikaner und noch junger Mann, von ernstem leidenden Aussehen, anscheinend sehr verschlossenen Wesens, ward durch mein sichtbares Interesse an seinen Schicksalen aufgethaut, gesprächig und mittheilend, und zeigte einen in Be-

rücksichtigung seiner Lebensverhältnisse auffallenden Grad von Bildung. Er sprach mit solcher Begeisterung von den Freuden der Jagd und der Unabhängigkeit in der Wildniß, daß ich anfing begreiflich zu finden wie diese Menschen, einmal an die Abgeschiedenheit gewöhnt, nach und nach, in der ungebundenen Freiheit der Berge für alle geselligen Genüsse die vollste Entschädigung finden. Er versicherte mich daß die Reize dieser Streifereien unwiderstehlich sein würden, wenn sie sich nicht zu einem Vertilgungskriege mit ihren Widersachern, den Indianern, genöthigt und stets der Gefahr ausgesetzt sähen entweder selbst ein Opfer zu werden, oder andern Menschen das Leben zu nehmen um das ihrige zu erhalten. Jenem Reize der Freiheit der Wildniß ist es zuzuschreiben daß einige dieser Jäger oft bereits auf der Rückkehr begriffen und ihrer Heimath nahe sich einem ihnen begegnenden Trupp frischer Abenteurer anschließen und aufs neue der Wildniß zuwenden, um auf Jahre vielleicht allen geselligen Beziehungen zu entsagen. Gewöhnlich hat die abhärtende Lebensart in den Bergen, die reine Atmosphäre und einfache Nahrung die Wirkung selbst eine schwächliche Constitution zu stärken, obschon es auch an Ausnahmen nicht fehlt. So hatte z. B. der Erzähler selbst den Strapazen des Jägerlebens, das ihn oft dem Hungertode nahe gebracht, und einem furchtbaren Schneesturm einen schwer zu heilenden Rheumatismus zu verdanken, der ihn seiner Lebensweise endlich zu entsagen nöthigte. Zwei andere Jagdgenossen schienen völlig rüstig und unverletzt; wer mich aber am meisten interessirte, war ein kleiner, von den Seinigen verkaufter Nordwest-Indianer, ein Ausbund von Gewandheit und Lebhaftigkeit, der seinem Gebieter, einem jungen Engländer, freudig zur See folgte.

Um das Gemälde unserer Reisegesellschaft bis zum letzten Strich zu vollenden, denke man sich auf dem Verdeck des kleinen Fahrzeugs einen englischen Seemann Richardson, der als als Lootse diente, einen feisten Franciscanermönch, Pater Quijas, der mit seiner Dienerschaft, aus drei Indianern mit ihren Weibern und Kindern bestehend, auf die gegenüber liegende Seite der Bay nach seiner Mission übersetzte, und endlich meinen speciellen Reisegefährten, einen alten Bekannten von mir, einen Schweizer Namens Jean Vioget, der vor Jahren in Acapulco mein Gast gewesen war, und dessen elegantem Pinsel ich mehrere hübsche Skizzen über Californien verdanke. Daß ich eben erst einem zehnjährigen Aufenthalt in den Tropen entronnen, die Nacht im Bivouac auf dem Verdeck des Schooners ohne allen Nachtheil für meine Gesundheit zubrachte, galt mir als ein erfreulicher Beweis daß meine Constitution noch um nichts gelitten habe, so wie überhaupt die rauhere Temperatur des hiesigen Spätherbstes und Winters, der mitunter die Bäche mit Eis belegte, mir herrlich zugesagt hat.

Am folgenden Morgen langten wir, bald segelnd, bald rudernd, am Landungsplatz von Sonoma an; der Mönch, in dankbarer Erwiederung für die früher, bei uns an Bord der Clarita genossene Gastfreundschaft, ließ es sich nicht nehmen uns alle mit Pferden zu versehen, deren ein ganzer Trupp von seinen Indianern herbeigetrieben wurde. Wir sprangen ans Land, sattelten, saßen auf und ein rascher Galopp brachte uns bald unter das gastfreundliche Dach unsers Wirths, wo Weintrauben und Aepfel aus dem Gärtchen der Mission uns erfrischten,

bis das Mittagsmahl uns derbere Nahrung darbot.

Sonoma, eine erst kürzlich d. h. seit zehn bis zwölf Jahren gegründete Niederlassung, hat als mexikanischer Gränzpunkt eine Besatzung mit einigen Feldstücken zur Vertheidigung gegen mögliche Ueberfälle, unter Befehligung eines Obersten Don Mariano Guadalupe Vallejo, der in den letzten Jahren als Militärcommandant von Californien figurirte. Er empfing mich, da ich ihm Empfehlungsschreiben zu überreichen hatte, in voller Uniform, erzählte mir in buntem Gemisch viel Wahres und viel Unglaubliches, zeigte mir seine Anlagen, den Plan der Ortschaft und bewirthete mich dann gleichfals mit Weintrauben und Wein eigener Zucht. Mein Freund, der Schweizer, führte mich nach mehreren andern Häusern, meist von fremden Ansieblern bewohnt, die bei der unglaublichen Vermehrung des Viehstandes hier zu Land schnell zu einem localen Wohlstande gediehen waren. Nach der Mission (San Francisco Solano) zurückgekehrt, sorgte der gute Pater für unsere zwar einfache, aber mit bestem Willen dargebotene Abendmahlzeit, bestellte Pferde und Bursche für unsere Weiterreise am nächsten Morgen und, nachdem wir uns noch ein paar Stunden an seiner schnurrigen Unterhaltung ergötzt hatten, überließen wir uns der Ruh.

Unsern Rückweg nach dem Schiff machten wir zu Lande und in der californischen Reiseart, einem fast ununterbrochenen Galopp mit Wechseln der Pferde, welches alle drei bis vier Stunden stattfindet. In solcher Weise legt man eine schöne Strecke Weges von Sonnenaufgang bis Untergang zurück. Auf dieser Tour passirten wir ein Feldlager von herumziehenden heidnischen Indianern. Diese pflegen sich häufig für gewisse Jahreszeiten in der Nähe von Gränzniederlassungen anzusiedeln, um durch gemeinsame Arbeit einen bessern Unterhalt zu erwerben, als es in der Wildniß möglich ist. So mit den Niederlassungen in Berührung gekommen, und nach und nach mit Bedürfnissen bekannt gemacht die ihnen früher fremd waren, lassen sie sich mit geringer Mühe überreden zum Christenthum überzutreten und nach und nach in der Nähe der Mission sich fest anzusiedeln. Zwar ist persönliches Interesse die erste Veranlassung zur Annäherung, die Art der ihnen nach und nach beigebrachten Civilisation unvollkommen genug, und wenn auch den Zwecken der Landbesitzer, die ihre Dienste brauchen, entsprechend, doch fast nur auf Erfüllung gewisser äußerlicher Möichsformeln beschränkt. Aber es ist doch immer ein Uebergang aus dem völlig barbarischen Zustande des heidnischen Wilden zu mancherlei Genüssen der menschlichen Gesellschaft. Ihre Freiheit büßen sie dabei freilich ein, aber ihr Unterhalt wird gesichert, und schon die nächste Nachkommenschaft ist in der Regel für die Zwecke der Niederlassung gewonnen. Wie interessant mir auch der Besuch einer solchen Rancheria gewesen ist, so kann ich nicht sagen daß mich der Eindruck freundlich angesprochen hat: das Viehische ist dabei bei weitem vorherrschend. Lasse irgend einen unserer romantischen Vertheidiger des Lebens im Urzustand und der ungebundenen Naturfreiheit einen Blick werfen in das Innere einer dieser Hütten oder Löcher, in das ekelhafte Zusammenleben in einem dunkeln rauchigen Raum, unter Schmutz und Ungeziefer — ich denke er wird von seinem Traum für immer geheilt sein. Nur wenn er seinen Hauptbeschäftigungen obliegt, bei der Jagd und im Kampfe, die seine musculöse Gewandt-

heit zeigen, kann der Wilde in seiner Ungebundenheit und Sorglosigkeit eine Zeit lang unsere Bewunderung erregen; im Zustand der Unthätigkeit, in seinem häuslichen Kreise, sinkt er unter die Linie des Thieres herab.

Die beschriebene Rancheria bestand aus etwa fünfzehn oder zwanzig thurmähnlichen Hütten aus Stroh, welchen eine kleine Oeffnung zum Hineinkriechen als einziger Eingang dient, und in deren Innerem Jung und Alt, ohne Unterschied des Geschlechts, um ein Feuer gelagert der Ruhe pflegten, so lange sie nicht der Dienst ihrer civilisirten Nachbarn zur Thätigkeit, oder Jagd und Fischfang zu Streifereien nöthigen. Obgleich uns hier die spanische Sprache nicht mehr von Nutzen war, so verschafften uns doch Zeichen und Winke sehr bald einen Schluck Wasser aus einer Art Krug aus Flechtwerk. Aehnliche Gefäße dienen ihnen als Kochgeschirre, nur setzt man sie nicht ans Feuer, sondern bringt die Flüssigkeit durch hineingelegte erhitzte und fast glühende Steine zum Sieden, weil sonst das an und für sich selbst brennbare dichte Rohrgeflecht des Gefäßes ein Raub der Flammen werden müßte. Die Bewohner der Hütten zeigten weder Zuvorkommenheit, noch irgend eine Scheu. Schwarze und röthliche nach Art der Tätowirung gemalte Streifen an Kinn und Wangen und das wild über den Scheitel fallende rabenschwarze Haar gibt besonders den Weibern ein seltsames Aussehen, das durch den imponirenden Ausdruck des dem Wilden eigenthümlichen unstäten Blicks nur noch erhöht wird.

Ein Bekannter von mir, der mehrmals dieses Wegs gekommen war, erzählte mir daß er eines Tags, des Reitens müd, sich im Schatten eines laubreichen Baums an der Seite eines Bachs ausgestreckt habe um sein Mittagsschläfchen zu halten. Beim Erwachen sah er sich von mehreren Hunderten dieser wandernden Indianer umringt, deren Zunächststehende ihn mit der größten Neugier betrachteten und sogar betasteten. Ein Geschenk von Tabak, das einzige was er mit sich führte, erwarb ihm allgemeine Dankbezeugungen, und anfangs erschrocken setzte er bald darauf ungehindert seine Reise fort. Der natürlich friedsame Charakter der Indianerstämme in Californien hat den Missionären ihr Werk erleichtert, obgleich auf der andern Seite ihre Apathie und die durch Unreinlichkeit und Sorglosigkeit einreißende Sterblichkeit unter den gezähmten Stämmen der Ausdehnung der Civilisation sehr im Wege gestanden hat.

In einem andern Rancho wo wir Pferde wechselten um zu rechter Zeit die Mission von San Rafael zu erreichen, fanden wir das Fell einer großen Bärin, die Tags zuvor getödtet worden war, ausgestreckt, und in geringer Entfernung vom Hause lagen die beiden Jungen von der ungefähren Größe eines Fleischerhundes auf rem Rasen, wo sie die Keule der Bewohner überwunden hatte. Der Anblick von Hirschen und Reben in ganzen Heerden ist in diesen Gegenden keine Seltenheit.

In San Rafael trafen wir Bekannte, worunter Capitän Henry D. Fitch, derselbe Amerikaner mit dem ich vor zehn Jahren in der Leonore meine Reise nach Lima gemacht hatte. Nach einem guten Mittagsmahl mit reichlichem Desert von Weintrauben setzten wir unsere Tour gemeinschaftlich fort.

Bei Sonnenuntergang passirten wir wieder eine bewohnte Stelle, als plötzlich ein deutscher Rundgesang aus einer augenblichen Träumerei mich weckte. Deutsche in solcher Entfernung vom Vaterland? Es waren Matrosen von einem Bremer Wallfischfänger, die ihren Urlaub zu einer Lustfahrt im Boot und zur Jagd benutzt hatten, und uns benachrichtigten daß ganz in der Nähe eine große schoonerartig aufgetakelte Barke bereit liege, um innerhalb eine Stunde den Canal hinunterzusegeln. Wir benutzten den Wink und sattelten ab, um unsere Tage eise gemächlicher zu Wasser zu vollenden. Nach einer Fahrt von anderthalb Stunden bei sanftem Mondschein befanden wir uns an Bord unserer Clara in der Bucht von Saucelito.

III.

Monterey, Ende Oktobers 1842. Meine bisherigen Mittheilungen haben euch gezeigt wie rasch wechselnd die Reisebilder in Californien sind. So viel auch das Land in geselliger Beziehung zu wünschen übrig lassen mag, so fühle ich doch, daß, wenn der Zufall mich ein paar Jahre früher dahin gerufen hätte, der Reiz der Abenteuer zu See und Land mich wahrscheinlich längere Zeit hier gefesselt haben würde. Mein Ausflug im Norden von Californien wird mir in beständiger angenehmer Erinnerung bleiben. Eine zweitägige Fahrt in der Clara hat uns von San Francisco hieher gebracht, wo uns der Anblick des amerikanischen Kriegsgeschwaders und die sofortige Einnahme des Platzes und Wiederübergabe am dritten Tage überraschte. Eine Seefahrt von wenigen Tagen wird mich nach San Pedro bringen, dem Hafen von Pueblo de los Angeles, der neuen Hauptstadt des Landes wo unser Agent wohnt. Eben als ich die Feder weglegen will, tönt ein deutsches Lied vom amerikanischen Flaggenschiff freundlich herüber und erfüllt mein Gemüth mit heimathlichen Bil-

bern. Der Commodore ist Musik-
liebhaber, und hat Sorge getragen für
seine Musikbande geschickte Musiker
anzuwerben, worunter natürlich einige
Deutsche, und namentlich der Capell-
meister, ein Nassauer, welcher der Vor-
liebe seiner Vorgesetzten zur deutschen
Musik Genüge zu leisten weiß. Ebenso
artig im Frieden als streng im Kriege
verfehlt der Commodore nicht seine
Bande des Nachmittags ans Land zu
schicken und den Bewohnern von Monterey die Abendstunden zu erheitern.
Der natürlich friedsame und zuvorkom-
mende mexicanische Charakter verläug-
net sich nicht, trotz der jüngst erlittenen
Wunde. Willig öffnet man die Thü-
ren der Häuser um dieselben jungen
Officiere jetzt als Tanzlustige zu empfangen welche vor wenigen Tagen
noch in ernstem Dienste beschäftigt vom
Kopf bis an die Zähne bewaffnet das
eroberte Land betreten hatten.

Pueblo de los Angeles,
im November.

Meinen frühern Brief den ich in der
bisherigen Hauptstadt des Landes,
Monterey, unter dem Einfluß sonder-
barer Umstände beendigte, setze ich in
der neuerwählten Hauptstadt des Südens, Angeles, fort. Diese jetzt be-
vorrechtete Schwester macht auf die
Residenz des kürzlich angekommenen
neuen Generalgouverneurs mit den zu
seiner Expedition gehörigen 400 Mann
Truppen und den Behörden Anspruch.
Unsere Seereise war von kurzer
Dauer. Am 29. v. M. segelten wir
von Monterey ab. und liefen am 1.
November in Sta. Barbara ein, einer
freundlichen Ortschaft von ungefähr
1500 Einwohnern, einen guten Büch-
senschuß vom Ufer entfernt, die besonders durch die auf einer benachbarten
Anhöhe gelegene Mission gleichen Namens einen interessanten Anblick ge-

währt. Zu diesem hübsch gebauten
Missionsgebäude führt ein geschlängel-
ter Pfad aufwärts. Eine Art Fort
mit ein paar Kanonen und einem
Flaggenstock mit der mexikanischen
Fahne dient der in St. Barbara liegenden Landesreiterei zur Caserne.
Der Hintergrund von Bergen, die
theils nackt, theils hie und da von einzelnen Föhren bekränzt sind, stellt sich
sehr malerisch dar, und das luftige
Blau der weithin aufgethürmten Ge-
birgskette bildet einen angenehmen
Contrast zu dem satten Grün der
Baumgruppen in der Ebene (meist
Nuß- und Olivenbäume), welches dem
von Norden Kommenden als Wahr-
zeichen dient daß er sich bereits in einer
andern Temperatur befindet. So wie
Monterey als bisheriger Sitz der Regierung, der Civil- und Militärbeam-
ten u. s. w., trotz aller sonnigen Länd-
lichkeit der Anlage, einen gewissen ari-
stokratischen Charakter hat der sich im
Umgang der Familien nicht ganz ver-
läugnet, und besonders bei Bällen und
bei sonstigen öffentlichen Festen zu erkennen gibt, so weht in Santa Barbara, dem Sitz des Bischofs und der
ihm zunächst untergeordneten höhern
Geistlichkeit, ein frömmelnder Ton der
Kopfhängerei, der dem Ankömmling
nicht lange verborgen bleiben kann.
Uebrigens fehlt es nicht an geschmack-
vollen wohlgeordneten Wohnungen einiger dort ansässigen und größtentheils
verheiratheten Fremden, und das Haus
des englischen Capitäns Wilson, in
dem ich für die kurze Dauer meines
Aufenthalts Gast war, bot mir ein
ungemein ansprechendes Bild häuslicher
Eintracht und Bequemlichkeit.
Außer der Uebergabe einiger von
Mexico mitgebrachten Depeschen an
den Bischof, dem ich Nachmittags in
der Mission meine Aufwartung machte,
hatte ich in dieser Ortschaft keine ge-

schäftliche Zwecke. Die Persönlichkeit des Bischofs sprach mich nicht besonders an, vielleicht auch weil ich seit langer Zeit von dem heuchlerischen Charakter dieses mexicanischen Heiligen gehört hatte und sein Wesen mir mit der Beschreibung in Uebereinstimmung zu stehen schien. Besser gefielen mir die Mönche der Mission, plauder- und scherzhafte Kumpane, die mich in ihrer Zelle mit Birnen und andern Früchten eigener Zucht bewirtheten, und nicht satt wurden mich über Nachrichten von Mexico auszufragen. Am reichlichsten aber belohnte mich für meinen Besuch die wirklich überraschende Aussicht von der Höhe der Mission auf die Ortschaft, die Bucht und den weiten Meeresspiegel. Ich glaube ich würde längere Zeit im Anblick des schönen Panorama geschwelgt haben, hätten nicht die Söhne meines Wirthes, ein paar auf den Sandwichsinseln erzogene nette Jungen die mich im Cabriolett ihres Vaters heraufgebracht hatten, zum Aufbruch gemahnt. Ein Stündchen am Theetisch und ein paar Besuche bei Bekannten aus früherer Zeit, die sich freuten mich so unverhofft wiederzusehen, machten den Abend schnell verfließen. und gegen 10 Uhr traten wir unsere Rückkehr nach dem Boote an. Es war hohe Zeit, denn ein plötzlich eingetretener Windstoß ließ die Brandung, welche gewöhnlich längs des Strandes dieser offnen Ankerstelle bricht, höher aufschäumen Bei unserer Einschiffung wurden wir denn auch tüchtig eingeweicht, bis das fast aufrecht geschnellte Boot, einmal flottgemacht und mit einigem Aufenthalt über das weithin wallende Feld von Seegras fortgeschoben, die offene See gewann und uns ohne Unfall dem unser harrenden wohlbekannten Fahrzeuge überlieferte. Vom Anblick des Wetters gewarnt lichteten wir augenblicklich die

Anker, und die zunehmende Brise entführte uns sehr bald der Nähe der übrigen Schiffe. Ein Mann ward bei der Musterung vermißt, ein Sandwichsinsulaner, nach dem man vergebens das Schiff durchsuchte. War er über Bord gefallen, so war ein Versuch ihn aufzufischen in der finstern stürmischen Nacht unausführbar; hatte er, wie wahrscheinlich den späten Moment erwählt um über, Bord zu springen und zu fliehen, so war keine Hoffnung auf seine Rettung. Lange nachher sollte ich erfahren daß er glücklich, trotz des Wellenschlags, trotz der Finsterniß und der Entfernung, eins der zurückgebliebenen Schiffe erreicht habe, und daß der verwegene Sprung einem an Bord desselben befindlichen Kameraden galt, mit dem er verabredet hatte die Reise zu machen.

Nach einer Fahrt von nur 36 Stunden langten wir im Hafen von San Pedro an, einer nur von der Nordseite her durch ein kleines Vorgebirge beschützten Bucht, deren hügelige kahle Umgebung durchaus nichts aufzuweisen hat was dem Auge Befriedigung gewähren könnte. Dieser Hafen ist die Hölle der Matrosen, da die hier vor Anker liegenden Schiffe wegen Unsicherheit der Ankerstelle bei den in einigen Jahreszeiten vorherrschenden Windstillen genöthigt sind plötzlich das Weite zu suchen, und sogar Anker und Ketten zurückzulassen. Auch ist die Arbeit des Aus- und Einladens hier schwieriger als irgendwo sonst an der Küste. Dicht am Landungsplatz befindet sich eine steinige Barre die große Vorsicht in Handhabung der Boote erheischt. Das einzige hier im Hafen errichtete Haus, eine Art Magazin zur Niederlage von Producten aus dem Innern, steht auf einer benachbarten Höhe deren steiler Abhang die Arbeit des Abnehmens der Ladung ungemein

erschwert. Wir landeten des Nachmittags nicht ohne einiger Beschwerde,
die durch die Seichtigkeit und den steinigen Grund bewirkt wurde, nahmen
Pferde und Führer, und ein Ritt von
acht Stunden brachte uns, als schon die
Dunkelheit anbrach, nach der zehn Leguas entfernten Ortschaft Pueblo de
los Angeles, dem eigentlichen Ziel
meiner Reise, wo ich etwa drei Wochen mein Standquartier aufzuschla-
gen gedenke.

Obgleich Monterey als Hauptstadt
des Landes bisher auch Residenz des
Gouverneurs gewesen war' so hat doch
der zuletzt und zwar erst kurz vor
uns angekommene neue Generalgouver-
neur Don Manuel Micheltorena, Angeles vorzugsweise zu seiner Residenz-
stadt auserkoren, und schien entschlossen die Regierung hieher zu verlegen.
Die jüngsten Vorfälle in Monterey
hatten ihn überzeugt daß es vortheil-
hafter sei zum Sitz derselben einen
Platz im Innern zu wählen, um nicht
einer neuen Ueberrumpelung durch irgend eine fremde Kriegsmacht ausgesetzt zu sein. Auch kamen die leichtere
Verbindung mit Mexiko, die größere
Ergiebigkeit an Lebensmitteln und andere Umstände hiebei in Betracht.

Mein Zusammentreffen mit dem
Beauftragten des Hauses, Don Eulogio
de Célis einem Spanier, war herz-
lich genug. Obgleich zuweilen auf
1000 Leguas von einander entfernt,
da ich mich vielleicht in Chile befand,
während er im Norden von Californien weilte, waren unsere Dienste einem und demselben Geschäfte gewid-
met, und so mußte unser Wiedersehen tausend Erinnerungen hervorrufen, die
einer frühern Periode angehörig, reich-
lichen Stoff zur Unterhaltung darbo-
ten. Wir trieben einen förmlichen
Tauschhandel, ich mit meinen Reiseer-
innerungen- er mit einer Menge von

Anekdoten aus seinem verlängerten
Aufhalt in diesem Lande, und seine
Erzählungen, mit ächt andalusischem
Salz gewürzt und in der derben Ma-
nier eines zur See und zu Land oft
erprobten Wildfangs vorgetragen, er-
gänzten meine eignen hier zu Lande
gemachten Beobachtungen aufs treff-
lichste.

Wenn der Name „Hauptstadt" Je-
mand etwa verführen sollte mich in einer volkreichen Stadt, umgeben von
allen sonstigen Attributen der Gewalt,
öffentlichen Gebäulichkeiten, Anlagen
und Verschönerungen zu vermuthen,
so möge er eingedenk sein daß hier
von einer c a l i f o r n i s c h e n Hauptstadt die Rede ist. Ungefähr 60 bis
100 Häuser, die zwar Straßen aber
doch noch keine zusammenhängende
Häuserreihe bilden, mit einer Einwoh-
nerschaft von etwa 800 bis 1200 See-
len, dies ist Pueblo be los Angeles.
In einem Lande von so schwacher Bevölkerung ist es kein Wunder daß etwa
ein Sechstel oder ein Achtel der Bevölkerung des ganzen Landes auf einen
Punkt zusammengedrängt Ansprüche
auf Repräsentation und hauptstädtische
Vorzüge macht. Die Umgebungen
sind freundlich und zeugen von Frucht-
barkeit, und ein oberflächlicher Besuch
derselben reicht zu der Wahrnehmung
hin daß der Süden von Californien
weit ergiebiger und gesegneter ist als
der Norden. Der Hauptreichthum
der Ortschaft besteht in Weinbau, der
in der Umgegend durchweg ganz vorzüglich gedeiht und den hiesigen Einwohnern bei geringer Mühe ein schönes
Einkommen sichert. Auch die Viehzucht
ist in den umliegenden fruchtbaren Ebenen von Pueblo be los Angeles weit
ergiebiger als irgendwo sonst in Californien. Das Viehfutter wächst bey
Einwohnern in der vorzüglich bewässer-
ten Umgegend aufs reichlichste; ferner

ist das Thal für die wilden Indianer der Tulares (mit Schilf bewachsene Wildnisse) unzugänglich, da ungemein schroffe Abgründe und Felswände die Sierra, die hier den Hintergrund bildet, verschließen, und so ist der Viehdiebstahl im Großen hier nicht ausführbar. Die Anzahl der sozusagen civilisirten Indianer, welche zu der Arbeiterklasse gehören, ist hier ohnehin weit größer als gegen Norden zu, wenigstens fällt es leichter Tagelöhner für alle Zwecke des Landbaues und der Feldarbeit aufzutreiben, und dieser Umstand trägt denn auch wesentlich dazu bei daß mehr Ertrag aus diesen Beschäftigungen gezogen werden kann. Während an andern Stellen hin und wieder für den bloßen Werth der Haut geschlachtet wird, und alles andere auf dem Feld unbenutzt liegen bleibt, kommen hier Talg und Fett, Fleisch und Zungen in Nutznießung. Die Pferdezucht ist gleichfalls in hiesiger Umgegend besser bestellt als im Norden, da man hier vor den Einfällen der Wilden gesichert ist. Außer der sehr bedeutenden Anzahl der hiesigen Privatpersonen angehörigen und auf dem freien Felde weidenden zahmen Pferde streifen in geringerer Entfernung von Angeles zwischen der Ortschaft und dem Hafen Tausende von ganz wilden ungebändigten Pferden im Naturzustande, in fast unabsehbaren Herden, umher, bei deren Vorbeiziehen der Boden dröhnt und die Luft mit Sandwolken erfüllt wird.

———

Anmerkung. — Es ist bekannte Thatsache daß in früheren wasserarmen Jahren, wo die Trockene Futtermangel auf den Weidegründen befürchten ließ, die hervorstehende Rücksicht auf Erhaltung des werthvolleren Hornviehs zu Vertilgungsmaßregeln betreffs des sich rasch vermehrenden Pferdebestandes

Veranlassung gab, um solchergestalt den Nahrungsstoff für ersteres länger ausreichend zu machen. Das angewandte Mittel bestand in Einpferchung irgend einer der ins Gebirg eindringenden schroffen Schluchten am engsten Punkte des Zugangs, mit Offenlassen einiger Klafterweiten die, nachdem ein paar hundert der aufgescheuchten Klepper hineingetrieben worden, fest verrammt die grausam verurtheilte Heerde dem Hungertod überantwortete. In andern gegen das Meer auslaufenden steilen Schluchten, wo ein fast senkrechter Abhang Klippen bildet, ward das Urtheil auf noch einfachere Weise vollstreckt, indem der überzählige Bestand dahin geleitet und von hinten her in die Enge getrieben, durch Ueberstürzung an den Felsabhängen verenden oder in der Brandung sich zerschellen mußte.

Nicht minder häufig wurden späterhin die großen Massenabschlachtungen von Hornvieh wodurch nach Säkularisation der Missionen mehr als einer der weltlichen Administratoren den mit jahrelanger Sorgfalt emporgehobenen Bestand auf die frevelhafteste Weise schnellst möglich zu versilbern suchte: die Henne tödtend, um schnellstmöglich zum Ei zu kommen. Es waren die sogenannten Schlachtkontrakte auf halben Antheil, wodurch eine größere Anzahl Vieh dem Tode geweiht, ohne irgend welche Rücksicht auf Vermehrungsverhältnisse noch weitere Ausnützung, für die bloße Haut massakrirt wurden. Der sogenannte Contraktist stellte eine Anzahl berittener Vaqueros, die jedes marktfähige Rind dem Messer überlieferten. Die Haut abgezogen und abgesteckt, blieb alles Andere der Verwesung überlassen und $2.00 per Rind, ein Thaler für den Eigner der andere für den Unternehmer, war aller Erlös, während das Dreifache verloren ging, abgesehen von der Unmöglichkeit des

Wiederauffommens des Bestandes, der nach der allgemein anerkannten Regel dem Californier gestattete, alljährlich ein Drittel seiner Heerde zu schlachten oder fäuflich zu verwenden, ohne der Aufrechthaltung des Normalbestandes Abbruch zu thun, weil der Verbrauch mehr als vollständig durch Neugeburt ersetzt wurde. ***

Vor einigen Monaten ward in geringer Entfernung von hier, auf der Seite von Fernando, eine Goldmine entdeckt, die denn auch zum Emporkommen und Wohlstande dieses Distrifts beitragen kann. Ferner quillt in mehreren, kaum über drei Leguas von Angeles entfernten Pfützen eine gewisse Art von Erdpech, welches hin und wieder zur Ausfuhr benützt worden ist, zu gar manchen Zwecken dienlich sein kann und hier anstatt Holz oder Ziegel zur Bedeckung der Häuser angewendet wird. Lebensmittel aller Art sind billig, und namentlich ist der Ertrag von Mais (indianischem Korn) so reichlich daß Angeles und seine Umgegend füglich die Getreidekammer von Californien genannt werden kann.

Die Lebensweise gestaltet sich allen Umständen gemäß in Angeles äußerst einfach. Aller Hülfsmittel civilisirter Städte, Markt, Schlächterei u. s. w. entblößt, lebt ein Jeder in seinen Haushalt unabhängig; ein vom Felde hereingebrachtes Stück Hornvieh wird im eigenen Hause geschlachtet, die Haut getrocknet und aufgesteckt, vom Fleisch tagtäglich abgeschnitten was zur Nahrung der Bewohner hinreicht, bis der Vorrath zu Ende ist; denn in dem trockenen kühlen Klima hält sich das Fleisch sehr lang. Der Talg dient zu Lichtern, das Fett zum Kochen, und irgend ein kleiner Vorrath von Mais, Bohnen u. dgl. im eigenen Haus mit reichlicher Zugabe von Früchten und Landwein macht die Liste häuslicher Genüsse vollständig. Wie leicht vorauszusetzen ist, lebten wir auf ähnlichem Fuß, um so mehr als mein Wirth, obgleich hier ansässig, sich meist auf Reisen längs der ganzen Küste befand, und kaum ein paar Wochen im Jahr die Freuden des häuslichen Herdes genießen konnte, so daß nach unserm Aufbruch der ganze Hausstand auf die vier Wände des Hauses und einige Möbel beschränkt bleiben sollte, die der Aufsicht einer während seiner Abwesenheit damit beauftragten Familie empfohlen wurden.

IV.

Pueblo de los Angeles, im November. Ausflüge in die Umgegend, bald zu Pferd, bald im Cabriolett meines Freundes, häufig mit der Flinte in der Hand um im Vorbeifahren und ohne abzusteigen auf die allenthalben aufspringenden Hasen und die unabsehbaren Züge von wilden Gänsen, welche um diese Jahreszeit ganze Wiesen bedecken, Jagd zu machen, ein gelegentlicher Ritt nach dem Hafen, oder Besuche welche uns see- oder landwärts angelangte Bekannte abstatteten, bildeten unsere geselligen Genüsse und Zerstreuungen. Dabei herrschte jene Freiheit und Ungezwungenheit der Unterhaltung welche unter Gefährten in einem so vielen Wechselfällen unterworfenen Wirkungskreis, der beständige Reisen zur See und zu Land voraussetzt, gewöhnlich angetroffen wird.

Am freundlichsten sprach mich der Besuch der Weingärten der Umgegend an, deren Anblick tausend Erinnerungen aus meiner Jugendzeit in mir hervorrief. Gewöhnlich war die Morgenstunde zu diesen Ausflügen bestimmt. Bei fast schneidender Kühle erstieg ich dann erst einen der nächsten Hügel um das Panorama der Umgegend zu überblicken und einen Blick auf die ferne

Bay von St. Pedro und die gegenüber-
liegende in duftiger Ferne fast ver-
schwimmende Insel St. Catarina zu
werfen. Sodann richtete ich meine
Schritte wohlgemuth nach irgend einem
der Gärten in der Ebene der, von oben
herab gesehen, meine Aufmerksamkeit
durch freundliche Lage oder Nettigkeit
Wohnhauses vorzüglich erregt hatte,
und war gewiß von den Bewohnern
auf das gastfreundlichste und zuvor-
kommenste aufgenommen zu werden. Ich
würde sie beleidigt haben, hätte ich es
ihnen abschlagen wollen in dieser frü-
hen Morgenstunde eine reichliche Por-
tion Trauben auf dem Platz selbst zu
verzehren, oder auch mein Sacktuch
damit zu füllen, oder meinem Magen
ein Dutzend überreifer mit beredten
Worten empfohlener Feigen anzubieten.
Daß ich ungeachtet einer solchen Unter-
lage von Trauben, Feigen und Oliven,
und trotz der Gewohnheit gleich beim
Aufstehen ein Glas Milch frisch von der
Kuh zu trinken, nie die mindeste Unbe-
quemlichkeit verspürte, vielmehr eine
Stunde später mich mit dem besten Ap-
petit von der Welt zu einem kräftigen
Frühstück hinsetzte und der Aufforde-
rung meines Wirthes volle Gerechtig-
keit widerfahren lassen konnte, ist ein
Beweis für die Zuträglichkeit des Klima,
für die reine scharfe Luft in Californien,
welche dem Magen Kraft gibt Eisen
verdauen zu können. In Californien
tischt man auf Bällen um Mitternacht
noch Wassermelonen und andere Früchte
auf, deren unzeitiger Genuß in den
Tropen lebensgefährliche Fieber nach
sich ziehen würde.

Einer dieser Morgenausflüge führte
mich mit einem biedern Landsmann zusammen, indem ich beim Ueberspringen
eines breiten halb zugefornen Baches,
mit Verwunderung eine Scheibe Eises
abbrechend und gegen die so eben auf-
gehende Sonne haltend, mich der Zeit

erinnerte wo ich auf der Donau jede
nur freie Stunde mit Schlittschuhlau-
fen zubrachte. Der jahrelang entbehrte
Anblick, die Betastung dieses Stückchen
Eises versetzte mich in eine Art von
Träumerei, bis ich mit einiger Beschä-
mung bemerkte daß ich von einem breit-
schultrigen Manne beobachtet wurde,
der kaum fünfzig Schritte von mir, aus
der Thür seines Gartenhäuschens tre-
tend, mit gutmüthigem Lächeln sich an
meinem Treiben ergötzte. Dem Gruß
folgte eine Einladung näher zu treten,
seine Trauben zu kosten, die, seiner Ver-
sicherung nach, in der ganzen Gegend
an Wohlgeschmack nicht ihres Gleichen
hatten. An seiner Aussprache erkannte
ich bald den gutmüthigen Deutschen.
Dieser Erkennungsscene folgte ein
Strom von Freudenbezeugungen in
den natürlichsten und ungewähltesten
Ausdrücken, und mit Interesse vernahm
ich die Geschichte meines gesprächigen
Gönners der, in seiner Jugend als
Küper auf einem amerikanischen Wallfischfänger angestellt, hier an der Küste
Schiffbruch gelitten, und nach einigem
Verweilen sich überzeugt hatte daß sich
auch in Californien leben lasse. Bald
erwarb er sich ein kleines Vermögen,
versäumte nicht sich häuslich niederzu-
lassen, und lebte seit Jahren glücklich
verheirathet in Angeles, so vergnügt
und heiter als er es vielleicht irgendwo
in Deutschland hätte werden können.
Der biedere Mann hieß Hanns Gönniger. Hier zu Lande aber nannte man
ihn Hanns Lahm („Juan Cojo)" von
seinem hinkenden Gange. Gönniger
konnte ein californischer Mund nicht
herausbringen. Seine Rechtlichkeit
und Gutmüthigkeit war übrigens zum
Sprüchwort geworden und eine treuere
Seele ist wohl selten in der Gestalt eines vom Schicksal verschlagenen deutschen Handwerkers gefunden worden.

In einem Lande wo die Viehzucht

einen so bedeutenden Rang einnimmt
daß der Reichthum oder Wohlstand eines Jeden fast nur nach der Anzahl
seines Hornviehes geschätzt wird, nahm,
was auf Handhabung des Pferdes Bezug hat, meine Aufmerksamkeit vorzugsweise in Anspruch. Es ist unmöglich diese sichern Reiter ohne Vergnügen und Interesse zu betrachten.
Gleichsam zu Pferde geboren, wenigstens von der frühesten Kindheit auf
an das Reiten gewöhnt, und fast be-
ständig zu Roß, erlangen sie eine Fe-
stigkeit im Sitz und eine Gewandtheit
in allen reiterlichen Uebungen die ans
Unglaubliche gränzt. Die Handhabung
des Lazo (Schlinge) ist ein so wichtiger
Punkt der Primärerziehung, wie es
bei uns kaum die Erlernung von Lesen
und Schreiben ist; selten oder nie
wiederholt der Californier seinen Wurf,
weil nicht nur das ausersehene Thier,
sondern auch das Glied desselben welches die Laune des Reiters zu wählen
für gut befindet, fast unfehlbar um-
schlungen wird. Die Brandmark- und
Schlachtzeit auf dem freien Felde ist
der wahre Tummelplatz reiterlicher Gewandtheit, wo es einer dem andern zu-
vorzuthun sucht; aber auch bei Stier-
gefechten oder bei Einbringen des Vie-
hes zum Schlachten, wo dann die
Schlinge am Horn des Schlachtopfers
bleibt bis es an Ort und Stelle ge-
schleppt gleichsam vom Pferde aus den
Todesstoß von der Hand des Reiters
empfängt und leblos zusammenstürzt,
zeigt sich diese Virtuosität in glänzen-
dem Licht. Bei Wettrennen, oder auch
nur in täglichem Gebrauch des Pferdes
ist der Gelegenheit zur Bewunderung
kein Ende. Der Californier geht fast
nie zu Fuß, und zu Pferd reitet er fast
ohne Ausnahme im Galopp, weil das
frische Klima und der feste ebene Grund
die Bewegung des Pferdes erleichtert.
Das beständige Vorbeijagen von Rei-

tern im raschen Lauf der Pferde in den
Straßen von Angeles brachte mich anfangs auf die Vermuthung es handle
sich um irgend einen wichtigen Vorfall,
ein bedeutendes Tagesereigniß, wodurch
die Leute in solche Eile versetzt würden;
aber ich gewöhnte mich bald so an den
Anblick daß es mir späterhin schwerer
ward zu begreifen wie man in andern
Orten Vergnügen daran finden kann
langsam zu reiten.

Nichts bildet einen auffallenderen
Contrast als die Eile und Beweglich-
keit des Californiers zu Pferd, und
seine ganz eigenthümliche Apathie, sein
unbeschreibliches Phlegma zu Fuß. Mit
unstörbarer Ruhe sieht man ihn des
Morgens sein Pferd satteln und zäu-
men, plaudernd und rauchend seine
Vorbereitungen vollenden und sein Verweilen zwecklos verlängern. Aber einmal gestiefelt und gespornt ist er ein
anderer Mensch; oft ohne den Steig-
bügel zu berühren springt er in den
Sattel, und hat er wirklich ein Ziel im
Sinne, und wäre solches auch noch so
entlegen, so ist an keinen Aufenthalt
unterwegs zu denken. Ist sein Pferd
ermüdet, so ersetzt ein zweites oder
drittes seine Stelle, weil unter Bekannten und Verwandten keine weitere For-
malität beobachtet wird als die gelegent-
liche Anzeige und Freilassung des ermüdeten Pferdes, um solches den Weg nach
seiner Heimath wieder suchen zu lassen. So gleicht nichts der Raschheit
und Unabhängigkeit des californischen
Reisens, denn jeder offene Weidegrund
ist ein Posthaus für den Reiter, der
ohne lang zu fragen dem ersten besten
Pferde die Schlinge überwirft, sein
Sattelzeug vom ermüdeten Pferd auf
das frische legt, das abgesattelte frei
läßt und auf neuem ohne Aufenthalt
weiter sprengt, bis er endlich nach Stunden oder Tagen sein Ziel erreicht.
Nicht so der Californier im gewöhnlich

schleppenden Gang seiner täglichen Lebensweise. So eben zu Pferd gestiegen rast er zuweilen die Straße entlang, als gälte es eines Menschen Leben, um vielleicht in einem nahegelegenen Hause „seine Cigarre anzuzünden" und wenige Häuserreihen entfernt vor der Thüre seines Gevatters, ohne abzusteigen, nachlässig auf den Sattel gelehnt, stundenlang zu halten, bis irgend ein neuer Einfall ihn, für Augenblicke wenigstens, aus seiner Indolenz zu reißen und seine Lebensgeister zu einem neuen Kraftaufwand zu wecken vermag. Auf solche Weise verbringt er vielleicht Stunden und Tage wechselnd zwischen eiliger Bewegung und müßigem Aufenthalt, in welch letzterem denn auch nichts seinen Gleichmuth unterbricht, als allenfalls ein Bedürfniß seines Magens, welches ihn nach Hause ruft wenn er außer Haus nichts Besseres auszufinden weiß. Kommt seinem natürlichen Hang zur Behaglichkeit irgend eine Einladung zum Trank oder Spiel ein Zusammentreffen mit schwelgenden Bekannten zu Hülfe, so hat die Reise ihre Endschaft erreicht, gleich jener eines Schiffes das, von hoher See kommend, in sicherer Bucht Anker wirft. Das arme Pferd bleibt gesattelt, angebunden und vergessen, ohne Futter noch Trank, bis der Vorrath geleert oder das Geld verspielt ist, und es ist nicht selten daß dergleichen Schwelgereien zweimal vierundzwanzig Stunden dauern, während welchen dann die Pferde an irgend einem Posten angebunden ihrem Schicksal überlassen bleiben. Ein Gleiches geschieht ohne Ausnahme mit den Pferden der zu irgend einer Festlichkeit vom Lande hereinkommenden Rancheros. Vielleicht einen Tagritt weit hergekommen, bleibt das Roß gewöhnlich gesattelt stehen bis das Fest vorüber ist, und hat, sobald es dem Reiter beliebt, nun noch den Rückweg auszuhalten.

Dieser barbarische Gebrauch beruht auf der großen Anzahl der auf der Weide grasenden Pferde und der Leichtigkeit das ermüdete gegen ein neueinzufangendes umzuwechseln. Gewöhnlich bleibt ein Pferd im Dienst des Reiters ein oder zwei Tage, häufig ohne abzesattelt, gefüttert oder getränkt zu werden, denn der Unterhalt im Stall ist in Californien ungebräuchlich. Der rohe Californier betrachtet sein Pferd für nichts als ein Möbel für den Dienst, für ein leicht ersetzbares Ding, um dessen Verlust kein Hahn kräht, sowie denn auch allenthalben in sogenannt spanischen Landen unter dem gemeinen Volk die sprüchwörtliche Redensart im Gange ist: „Wer gebot ihn ein Pferd zu sein? Wäre er als Bischof geboren so hätte er nichts weiter zu thun als den Segen zu ertheilen."

V.

San Diego, Ende November 1842. — Hier befinde ich mich nunmehr am Ende meiner californischen Episode durch Zusammentreffen beider Schiffe des Hauses, die theils durch Einladen der im hiesigen Lagerhause aufgestapelten, theils durch einfache Auswechslung der eben längs der Küste angesammelten Produkte, Häute und Talg, innerhalb weniger Tage für die nun segelfertige „Catalina" die Abfertigung einer vollen Ladung Häute gestatten wird: dies das mühselige Resultat anderthalbjähriger Anstrengung an allen Lagerstellen, wiederholten Auf- und Absegelns und endloser Ritte um die Bereitlegung der Produkte zu betreiben, ungeachtet vielleicht dreimal größerer Ausstände im Lande; denn die Concurrenz der amerikanischen und fremden Schiffe hat, natürliche Ver-

kehrsverhältniffe überschreitend, jeden nur zugänglichen Winkel dermaßen versorgt, daß nach Behauptung Sachverständiger die Abschlachtung des ganzen californischen Viehstandes unzureichend sein würde, die aus Zeitgeschäften erwachsene Schuldpflichtigkeit der Californer durch Häute und Talg zu tilgen. An der Stelle der früher all in stehenden Missionen, deren einfachen Bedürfnissen an dem richtigen Zuwachsverhältniß des Viehstandes vollauf Zahlmittel erwuchsen, hatte der Verkehr durch Aufkommen vieler Privat-Ranchos einen zwar anfangs erfreulichen, nachher aber unnatürlich übertriebenen Aufschwung gewonnen; jeder Supercargo rechnete auf seine smartness, die Competitoren zu überflügeln, um durch Glück und Geschick zu seinem Geldeswerth zu kommen; jeder Ranchero nach Aufhebung der Missionen den Himmel voller Baßgeigen sehend, ließ sich, sonst so einfach gewöhnt, von der Auswahl lockender Verkehrs- und Bequemlichkeits-Gegenstände bestechen, um sich unbesorgt um die Zukunft, der so bereitwillig gebotenen Erleichterungen theilhaftig zu machen, und, angesichts der Unmöglichkeit, die contrahirten Schulden aus dem Abschlachtungsverhältniß abzumachen, gab er die als sein baares Geld zu betrachtenden Probukte willig dem amerikanischen Hausirer, der, von den Weitläufigkeiten des Großverkehrs ganz unberührt, sein leichtes Segelboot handhabend, mit ein Paar wohlassortirten Koffern (namentlich Gegenständen des Hausbedarfs und Weiberschmuck enthaltend) die Creek hinauffuhr, um den lüsternen Augen der simplen Landbewohner seine unwiderstehlichen Schätze auszubreiten. Mit der Frucht seiner Handelspolitik, Häuten und Talg, hochbeladen, begegnete er triumphirend, häufig, den schwerfälligen Schiffsböten, deren Mannschaft zur

Empfangnahme der vorhandenen Probukte abgeschickt, zu der Enttäuschung beschieden war, unverrichteter Sache wieder an Bord zurückzukehren. Unter solchen Umständen habe ich es als Glück zu betrachten, mit verhältnißmäßig kurzem Aufenthalt eine vollständige, wenn auch wenig ermuthigende Uebersicht der veränderten Sachlage zurückzu bringen, und die damit verbundene Enttäuschung wenigstens durch eine unter mir gestaute volle Ladung einigermaßen zu beschwichtigen.

Doch es kann nicht meine Absicht sein, Euch mit commerziellen Abhandlungen zu ermüden — hat doch die Zwischenzeit durch die mir neuerdings gebotenen Reisebilder eine Mannigfaltigkeit frischer Eindrücke zurückgelassen. die, in der Gegenwart interessant, für spätere Jahre von erhöhter Bedeutsamkeit bleiben dürften.

Den südlichen Theil Californiens zu besuchen, der, außer dem Nachhall der Missionszeit und darauf bezüglichen Denkmälern, als das Italien dieses Wunderlandes geltend, mir so Vieles zu bieten hatte, das war für mich der Hauptreiz für Uebernahme dieser Reise gewesen, die in anderer Hinsicht mit manchen Widerwärtigkeiten verknüpft sein mußte — und Californien ohne Erreichung dieses Zweckes wieder zu verlassen, wäre mir zum fast unerträglichen Gedanken geworden. Doch wenig fehlte, daß dieser mein Lieblingsplan vereitelt worden wäre

Zu der Absicht, einen vom Hafen heraufgekommenen Bekannten, Mr. Latallade, der bereits reisefertig zur Rückkehr nach Mexiko, Abschied zu nehmen gekommen war. das Geleit bis San Pedro zu geben, hatte Célis anspannen lassen, und, um den beiden alten Freunden Gelegenheit zur bequemeren Besprechung zu geben, bat ich ihn, meinen Sitz im Cabriolet zu nehmen, während ich sein (leider schlecht gesatteltes) Pferd bestieg. Bei'm Herausreiten aus der Ortschaft, um dem bereits vorangeeilten Fuhrwerk nachzukommen, riß, bei'm Uebersetzen eines Grabens, der Gurt, — und ich fand mich, mit dem Sattel zwischen den Beinen, höchst unsanft auf die Erde geschleudert. Während ein nahestehender Californier das Pferd wieder erfaßte, schleppte ich mich, mit Beihülfe eines Andern, mühsam nach der Ortschaft zurück, um im Bette Erholung zu suchen. Celis aber, als er, von meiner Hüften-Verrenkung unterrichtet, nach Hause kam, bestand darauf, mich einem Einrichtungsprozeß zu unterwerfen, zu welchem Zweck er ein Paar handfeste Vaqueros einberufen, die, seinem Beispiele folgend, mich erfassend mit Leibeskräften nach verschiedenen Richtungen zogen und rissen. Was Wunder, wenn ich, solch' energischer Behandlung zufolge, 8 bis 10 Tage an's Bett gefesselt blieb, ehe ich nur im Stande war, im Zimmer umherzugehen.

Nichtsdestoweniger beharrte ich auf meiner Bevorzugung der Landreise, und obgleich ich in den Sattel gehoben werden mußte, fand ich, daß ich, einmal im Sitz, den Erfordernissen der Reise ziemlich gewachsen war.

Unser Ritt des ersten Nachmittags brachte uns an der Mission von San Gabriel vorüber, wo Celis mit dem dort stationirten Franciscaner Fray Tomas Estenega zu sprechen hatte. Die sehr massive, mit Strebepfeilern versehene Kirche sowohl, als die ziemlich wohlerhaltenen Missionsgebäude, mit einem den Hofraum umschließenden Säulengang, zeugten von der frühern Bedeutendheit dieser jetzt so still gewordenen Räume, deren Einrichtung, unter Verwaltung eines sehr unternehmenden rührigen Mönches, als Muster einer californischen Mission gelten

konnte, mit etwa 2700 Indianern, einem auf mehreren Ranchos vertheilten Bestand von über 100 m. Stück Hornvieh, 20 m. Pferden und zahlreichem kleinern Vieh, und sehr bedeutenden Anpflanzungen. Der Weingarten allein soll über 4000 Reben umschlossen haben, und eine zu dessen Umzäunung nach Europa gemachte Bestellung von eisernem Gitterwerk soll als sündhafte Extravaganz des Pater-Präsidenten Aergerniß erweckt und die Versetzung des Inculpaten zur Folge gehabt haben.

Die ganze Umgegend von San Gabriel, der sogenannte Monte, ist als Garten Californiens zu betrachten: für Weinbau und Südfrüchtezucht könnte kein besseres Terrain noch Clima gewünscht werden, und auf offenen Felde sogar weilt der Blick mit Befriedigung auf allerliebsten Nußbaum-Wäldchen, während Olivenbäume und Orangen-Büsche die gewöhnlichen Merkzeichen der menschlichen Ansiedlungen bilden.

Den ganzen Nachmittag ritten wir, der Richtung der malerischen Bergkette folgend, über weitausgedehnte futterreiche Ebenen hin, bis wir, bereits nach Sonnenuntergang das auf einer Anhöhe gelegene, fast festungsartige Gehöft des Rancho de Santa Anna erreichten. Alles in diesem Anwesen athmete Ordnungssinn und Rücksichtnahme auf Bequemlichkeit mit einer Vollständigkeit des Mobiliars vom soliden Speisetisch, dem wohlgefüllten Wandschranke und wolbestellten Betten bis zur Schwarzwälderuhr herab, die mich in diesem fernen Lande nur höchlich überraschen konnte. Aber der wegen seiner Gastfreundschaft weit und breit rühmlich bekannte Eigenthümer, Don Tomas Yorba, war denn auch ein Mann, der den Stempel zuvorkommender Freimühigkeit mit stiller anspruchsloser Würde verband, und gehörte zu der angesehensten Klasse unserer Kunden, die mit Recht als Patrizier Californiens bezeichnet zu werden verdiente: Leute des allerbesten Schlages, deren Wort so gut wie Gold war; Colonisten der guten alten Zeit, die nach ehrenvoller Verabschiedung aus dem Militärdienst, durch Land-Concessionen für Ansiedelung zu Gutsbesitzern geworden, nunmehr die Viehzucht mit dem Betrieb von Handelsgeschäften verbanden, und als Frucht ihrer Betriebsamkeit nicht unbedeutenden Wohlstand erwarben. Don Tomas, jetzt ein stattlicher Fünfziger, hatte im bereits reifen Alter seine Auserwählte, Donna Vicenta Sepulveda zum Altar geführt, und die Hochzeitsfeierlichkeiten waren weit und breit ein Freudenfest gewesen, das dem einander völlig würdigen Paare die Huldigungen eines weiten Bekanntschaftskreises einbrachte. Donna Vicenta, schlank von Gestalt und von sehr einnehmenden Gesichtszügen, war denn auch in ihrem Wesen ganz geschaffen, dem behäbigen Haushalt mit Anmuth und Würde vorzustehen. Unser sehr schmackhaftes Nachtessen und das überaus wohlbestellte Nachtquartier ließ uns fast bedauern, Angesichts des uns für nächsten Tag bevorstehenden starken Tagerittes, zum Früh-Aufbruch gezwungen zu sein, weshalb wir uns gleich Abends von unserem freundlichen Wirthe verabschiedeten. Aber als wir am Frühmorgen lange vor Tagesanbruch sattelten, waren wir überrascht, Freund Yorba bereits beritten an unserer Seite zu sehen, darauf bestehend, uns bis zum bezeichneten Frühstückshaltpunkt das Geleite zu geben, wo ein vortreffliches Frühstück, seiner Vorsorge gemäß, für uns ausgelegt war. Er ritt einen stattlichen Braunen, dessen elastischer Gang und vortreffliche Führung meine volle Bewunderung in Anspruch nahm,

und als er, uns noch vom Pferd aus umarmend, abschwenkend seinen Rückweg antrat, mußte ich mir eingestehen, daß ich nirgens ein vollkommeneres Bild eines braven, gastfreien und stattlichen californischen Rancheros gesehen.

Um Mittagszeit befanden wir uns der Küste näher, in San Juan Capistrano, einer der südlichen Missionen, die ihren eigenen Landungsplatz zum Empfang von Waaren und zur Produktenverschiffung besaß aber schon seit vielen Jahren in Unbedeutenheit zurückgesunken ist. Die Kirche ist eine schöne Erdbeben-Ruine vom Jahre 1812, wo der Einsturz während des Gottesdienstes eine Anzahl Indianer zum Opfer hatte. Die Structur des Gewölbes und die sorgfältige Stuccatur-Arbeit der Mauern gibt sie als ein Meisterwerk zu erkennen. Die Mission hatte 1829—30 zwei Mönche von hervorragender Begabtheit: Pater Boscana, durch seine Stammforschungen unter den Indianern wohlbekannt, (dort begraben); der ihn überlebende Pater Zalvidea, ein hoher Greis von edlen Zügen, aber irrem Geiste, stand vor uns, der einsame Wächter dieser verlassenen Ruinen, deren lebende Impersonation er zu sein schien. Mit Würde trug er die Armuth und Verwahrlosung, die sein graues Haupt umgab; aber im Geiste einer ihm zur Natur gewordenen Gastfreundschaft ließ er es sich nicht nehmen, vorüberziehenden Gästen alle Bequemlichkeiten und Hülfsmittel einer günstigeren Zeit zur Verfügung zu stellen.

Interessant war für mich die lebhafte Scene beim Wechseln der „Remonta", wo an bezeichneten Stellen „remudaderos," meist Höfen von Bekannten, ein Trupp loser Pferde (gewöhnlich 30 oder 40, die sogenannte „manada" von einer Schellenmähre begleitet) in eine Verzäunung („corral") zur Auswahl der erforderlichen Sattelthiere getrieben wurden; — wie das sich im corral herumtummelte, drängte, dem gefürchteten Lasso zu entfliehen suchte. Vergebens! Mit sicherem Wurf flog die verhängnißvolle Schlinge über den auserwählten Kopf; und sich in sein Schicksal ergebend, ward alsdann der betreffende Wildfang schnaubend aus dem Knäuel herausbugsirt, bis die erforderliche Anzahl gesichert war. Dann gings im Nu ans Satteln, wo die abgesattelten Thiere entweder mit der Heerde auf die Waide gingen, oder auch, ihrem Instinkte folgend, den Rückweg nach der Heimath antraten.

Bei den Sepulvedas, die ihrer guten Pferde wegen Renommé hatten, sah ich zwei noch unzugerittene prächtige Falben (isabellfarbig mit hellen Mähnen) deren schöne Haltung mir auffiel und immer und immer wieder meine Aufmerksamkeit fesselte.

An einer andern Stelle, hinter San Juan, in einem auf dem Plateau eines Küstenvorsprungs gelegenen Gehöfte, war der Corral bis an die Nähe des Abhangs ausgelegt. Es war schauerlich zu sehen, wie die sich drängenden Thiere fast unmittelbar an dem schlecht abgezäunten Rande hineilten, mit wunderbarer Gewandtheit die Gefahr des Ueberstürzens vermeidend.

Von San Juan aus ging der Weg die Küste entlang, die aus asphalthaltigem Mergel bestehend einen meilenlangen Wall bildet, dessen abgeschliffene Wände und ausgespülte Zerklüftungen nur zu deutlich den großartigen Abprall der bei Sturm dagegen gepeitschten Wogen zu erkennen gaben. Bei ruhigem Wetter, bald trockengelegt, bald schaumbedeckt, dient die am Fuß der Felsen laufende Strandlinie zum Pfad der Reisenden, die bald im Uferschaum plätschern, bald je nach Ebbe und Fluth auf freigewordenem festgepacktem Strand hingalloppiren. Fürwahr ein königliches Vergnügen, wohlberitten, dem taktmäßigen Hufschlag einer lustig dahinziehenden Cavalcade von dem nie schweigenden Rauschen der Brandung intonirt zu folgen — die unerschütterliche graue Felswand auf der einen Seite, — und auf der andern in den unermeßlichen Räumen des Stillen Oceans ein Bild der Unendlichkeit! Den Meeresstrand gegen Abend verlassend, brachte uns ein hurtiger Ritt von ein Paar Stunden nach der etwas inland-gelegenen Mission von San Luis Rey — der zweitgrößten Missions-Niederlassung des Südens, wo Pater Peyri's Beharrlichkeit und administrative Tüchtigkeit inmitten einer Einöde dem Orden der Franziskaner ein würdiges Denkmal aufgebaut.

Dort trafen wir inmitten der Familie Estudillo unsern vielgeschätzten Freund Don Miguel de Pedrocena, und feierten bei wohlbesetzter Tafelrunde das Wiedersehen mit mehr als einem alten Bekannten.

Am nächsten Vormittag, wo Celis noch geschäftlich in Anspruch genommen war, benützte ich Capt. Stokes's freundliches Anerbieten, mein Cicerone zu sein, um das weitausgedehnte Anwesen in Augenschein zu nehmen; denn hier war mir die Gelegenheit geboten, einmal von der innern Einrichtung einer bedeutenden Franziskaner-Mission einen Begriff zu gewinnen, wenngleich solche bei bereits eingerissenem Verfall kaum mehr den Abglanz ihrer frühern Wichtigkeit repräsentirte, wo sie außer 80,000 Stück Hornvieh und 10,000 Pferden einen Bestand von etwa 100,000 Stück Kleinvieh zählte und die Schafzucht und Wollweberei den Haupterwerbszweig dieser Niederlassung bildete.

Die Kirche sowohl als der daraustoßende Kirchhof enthielt gar manchen interessanten Grabstein, erstere um den Altar herum meist die letzte Ruhestätte von Ordensbrüdern, und der Grund außerhalb der Kirche diejenige manches bekannten Namens der Gründungszeit enthaltend. Die Kirche, deren einer Thurm unvollendet geblieben, nahm sich nichtsdestoweniger zwischen besagtem Begräbnißplatz und dem fast endlosen Säulengange der Wohnungs-Räume ganz stattlich aus. Die damit in Verbindung stehende innere Arkade, ein geräumiges, gleichfalls säulenbesetztes Viereck, die Werkstätten enthaltend, deren mehrere noch Webstühle und sonstige Betriebsgeräthschaften aufzuweisen hatten, war nicht minder imposant; ja die Stille der Räume in ihrer jetzigen Verlassenheit, wo die Zahl der Bekehrten früher nach Tausenden gezählt hatte, die verwildernden Gartenanlagen und die verwahrlosten Anpflanzungen der Niederung mit ihren vereinzelten Palmengruppen sprach mit ganz eigenthümlicher Beredtsamkeit von dem Entschwundenen, das nicht wiederkehren sollte.

Der Ritt von San Luis Rey nach San Diego, theils über Ebenen oder durch einzelne Thäler, dann aber meist über gebrochenen hügeligten Grund mit sandigen Hohlwegen und der aromatischen Busch-Vegetation, die jener Gegend eigen, nahm den Rest des Tages in Anspruch, wo wir bei bereits einbrechender Dunkelheit die Bay erreichend, in düstern Reflekten die Umrisse unserer sogenannten Barackenwirthschaft der Salz- und Packscheunen erkannten, wo Hundegebell uns unserer am Lande beschäftigten Mannschaft ankündigte; — und eine Stunde später saßen wir, von Capt. Snooks auf's Freundlichste bewillkommnet, in der traulichen Cajüte der Brig Cataline, wo eine substantielle Abend-Collation

uns die Strapazen der Reise bald vergessen ließ. Mir aber winkte, nach der für meinen noch lahmen Zustand doch mehr als gerathenen Anstrengung, die reinlich ausgelegte Coje mit unwiderstehlicher Lockung; und während die Andern noch zechten, lag ich festumschlungen in Morpheus' Armen.

Wir fanden an Handelscollegen mehrere hier im Hafen, — darunter die amerik. Bark „Alert", deren Capitain auf die erste Kunde von der Einnahme von Monterey nichts Eiligeres zu thun hatte, als seinen Bootsmann und Schiffszimmermann mit Bolzen und Hammern versehen an's Land zu schicken, um unbemerkt die paar kleinen Kanonen des verlassenen Fortins zu vernageln. Doch als er, stolz auf seine Heldenthat, ankerlichtend Segel setzen wollte, ward er gewahr, daß er zu rasch im Auswerfen, sein Schiff auf den eigenen Ballast festgesetzt hatte. Doch blieb der schlechte Witz, der ihm leicht hätte theuer zu stehen kommen können, unter dem Freudenjubel der Mexikaner ohne weitere Folgen, und er hatte sich Glück zu wünschen, mit dem Gelächter davonzukommen.

Hier, meist an Bord, und mit mehreren Bekannten zusammentreffend, sind uns unter Betrieb des Ueberladens ein paar Wochen verhältnißmäßig rasch verstrichen. Des Nachmittags pflegten wir zuweilen bei den Familien der Ortschaft einzusprechen, aber vorzugsweise über die Hügelreihen zu streifen, um der wahrhaft malerischen Uebersicht der schönen Hauptbay und sogenannten „falschen Bay" zu genießen, wo in der Gründungsgeschichte so manche bittere Tragödie sich abgespielt. Auch die etwas weiter gelegenen Missionsgebäude, die wir bei unserer Ankunft passirt hatten, blieben nicht unbesucht. Des frommen Glaubenshelden Junipero Serra, der hartgeprüften

Seefahrer und wettergebräunten, noch lederbekollerten Expeditions = Soldaten eingedenk, schien der Geist des vorigen Jahrhunderts noch ungestört auf Bay und Flur zu liegen.

Noch immer der beiden schönen Falken eingedenk, hatte ich mich in einem schwachen Augenblick dazu verstiegen, sie mir noch rechtzeitig für unsere Abreise abholen zu lassen; sie standen bereits wohl eingestallt auf Verdeck; und andererseits konnte ich meinem Capitain, dem früher in mexikanischen Diensten gestandenen Commodore Hansen, einem Waghals erster Klasse, nicht abschlagen, sein Lieblingspferd mitzunehmen, sei es auch nur, um seine Marotte auszuführen, zur See seine Sattelpromenaden auf Verdeck zu halten. Da stand mir noch eine ganz unerwartete Ueberraschung bevor. Am Frühmorgen des Tags vor unserer Abreise (mit bereits eingesetztem großem Boote) gewahrten wir einen Californier, der eben am Strande angesprengt, mit einem losen Pferde an der Leine unserem Fahrzeuge Signale machte, den entsprechenden Anruf durch Emporheben eines Briefes bekräftigend. Ohne Verzug an Bord gebracht, übergab er mir den Brief — eine Botschaft von unserem Freunde Don Tomas Yorba, worin er mich ersucht, den schönen Braunen, den er am Tage unserer Abreise geritten, als Geschenk seinerseits und Andenken von Californien anzunehmen, „da es sein Wunsch sei, daß der besagte Braune die Ehre erleben solle, von mir geritten auf dem Paseo der Hauptstadt Mexico zu paradiren." Solcher Aufmerksamkeit und Herzensgüte war kein Widerspruch entgegenzusetzen, in einer Stunde war mein neuer Liebling eingeschifft, und dankbar nahm ich das schöne Thier in Empfang, und der brave Yorba ist mir, nachdem ich das Pferd längst eingebüßt, in freundlichem Andenken geblieben.

Nachschrift.

Acapulco, Mitte Januar 1843. L...., der meinen vorstehenden Brief nach Panama mitzunehmen versprochen, hat sich plötzlich zu einer nochmaligen Küstenfahrt entschlossen, weshalb ich solchen selbst auf hier mitgebracht, um Euch Lieben meine glückliche Rückkehr unter den Schatten der sich wiegenden Palmen zu melden. Auf der Ueberfahrt von Cap St. Lucas nach Mazatlan hatten wir einen tüchtigen Sturm, der bald über das Schicksal der armen Pferde entschieden hätte: jetzt sind sie gelandet und erfreuen sich gleich uns des Wiederbetretens der terra firma. Mir aber wird der californische Ausflug, mit seinen bunten Bildern und mannigfaltigen Abenteuern, die eine über Erwarten interessante Episode meiner Wanderjahre gebildet, in steter frischer Erinnerung bleiben.

Glück auf und Gott befohlen!

Anmerkung. — Die weiteren Schicksale dieser vier Pferde sind gleich denen des Verfassers vielgewürfelt geblieben. Obgleich aber der schöne Braune, grausam entführt die Hauptstadt Mexico erreichte, so war es einer unberufenen Hand vorbehalten, dort seine guten Eigenschaften zur Geltung zu bringen.